I0654274

Ich habe beschlossen, das Geheimnis nicht für mich zu behalten. Ich sehe zu viel Leiden um mich herum, und einiges davon habe ich am eigenen Leib verspürt. Ich wusste nicht mehr weiter und welchen Weg ich einschlagen sollte. Nicht mal im Traum wäre mir eingefallen, dass aus größter Hoffnungslosigkeit das größte Geschenk hervorgeht. Dieses Buch ist für mich ein Zeichen der Vergebung, und zwar auch für Leute, die mir irgendwie wehgetan haben. Ich habe ein neues Leben und ein neues Kapitel meines Lebens begonnen. Auch Sie können Ihre Vergangenheit akzeptieren und hinter sich lassen. Dadurch öffnet sich Ihnen ein Tor, zu dem Sie lange keinen Schlüssel finden konnten. Ich stehe Ihnen bei auf dem Weg zu einem besseren Leben.

Das Buch erzählt eine, von tatsächlichen Ereignissen inspirierte, Geschichte. Diese Ereignisse spielten sich in der Tschechischen Republik, konkret in Westböhmen und zum Teil auch in Südmähren, ab. Weiterhin auch in Deutschland.

Es handelt von einem Jungen, der auf seinem Lebensweg viel Trauriges erlebt. Sein Vater stirbt infolge eines tragischen Autounfalls. Kurz darauf verliert er seinen geliebten Opa. Zudem erfährt er mit zunehmendem Alter die unglaubliche Wahrheit über den Unfall seines Vaters. War es wirklich ein unglücklicher Zufall?

Er beginnt, nach weiteren Informationen zu forschen und erfährt von verwerflichen Taten, von Dingen, die sogar seine engsten Verwandten betreffen. Der junge Bursche verfällt nach dem schweren Schlag, den ihm das Leben versetzt hat, zunehmend negativen Gefühlen und ist wütend auf die ganze Welt. Er glaubt nicht an einen Ausweg. Für einige Zeit geht ihm der Sinn des Lebens verloren, und er fragt sich, warum gerade er auf der Welt ist.

Nach einiger Zeit findet er Antworten auf seine Fragen. Er begreift auch, dass diese Antworten aus der reinsten Quelle stammen. Er erhält die zu seiner Bewusstwerdung nötigen Gaben, verliert sie aber während seines Lebens mehrfach. Erst allmählich wird ihm voll bewusst, wie er mit den Geschenken des Lebens umgehen soll. Und so beginnt sich sein Leben zu verändern, es geht langsam bergauf, hin zum Glück.

Der Geschichte folgt ein Nachwort von mir als Autor, in welchem ich in einigen wenigen Worten erkläre, auf welche Weise wir denken und sprechen sollten, damit uns unser Glück nicht davonläuft.

Jeder von uns kann nämlich bekommen, und wird bekommen, was er sich wünscht. Aber den ersten Schritt zu einem solchen Wunder müssen wir selbst tun. Um diese Weisheit in der realen Welt umsetzen zu können, benötigen wir etwas Hilfe. Und die findet sich in eben diesem Buch.

Jan Šťastný

MIT GEDANKEN ZUM GLÜCK

Mit Gedanken verändern wir die Welt

Copyright © 2017 - Jan Šťastný

Alle Rechte vorbehalten.
ISBN 978-80-906623-0-8

Ich danke dir, Gott. Ich danke Dir für dieses Buch, für dieses Leben und für diesen Augenblick. Danke für alles, was mir jemals passiert ist, was mir gerade jetzt passiert und was mir noch künftig passiert. Weil all das zur Vervollkommnung meines Ichs beigetragen hat.

Einleitung

Dieses Buch entstand mithilfe Gottes. Ja, auch so kann man es nennen. Von kleinauf hatte ich das Gefühl, nicht zufällig auf dieser Welt zu sein. Dass ich den Menschen weitergeben muss, was ihnen hilft, besser zu leben. Ich wusste, dass ich das tun sollte, hatte jedoch keine Ahnung, was ich ihnen sagen oder wie ich das anstellen sollte. Erst mit zweiunddreißig Jahren kam mir die „Erleuchtung", und alles wurde mir schnell klar. Dass ich meine Aufgabe verstanden habe, verdanke ich Gott. Ich begann, mit Gott zu sprechen. Ich habe gehört, dass eine Menge Leute ebenfalls mit Gott sprechen, ich habe viele Filme gesehen, in deren Vorspann geschrieben stand, dass sie von Gott inspiriert wurden. Ich brauchte zweiunddreißig lange Jahre, um zu begreifen, dass alle denkenden Wesen im Universum mit Gott sprechen. Wirklich alle. Auch Sie sprechen mit ihm, auf Ihre ganz eigene Art. Der eine nennt es Intuition oder sagt „Ein Engel stand mir bei" oder „Du kannst von Glück sagen", ein anderer nennt es Vorsehung oder vielleicht eine Idee zum richtigen Zeitpunkt.

Für mich war es Gott. Ich war immer gläubig, wusste aber eigentlich nie, woran ich glaube. Informationen und Vorstellungen von Gott, wie sie uns von verschiedenen Religionen dargeboten werden, erschienen mir in vielen Fällen unvollständig und manchmal sogar von Irrtümern inspiriert. Dass ich mit ihm sprechen kann, halte ich für ein Geschenk, das ich von ihm bekommen habe.

Ich hatte es anfangs nicht so leicht im Leben. Schon in der Kindheit verlor ich meinen Vater und kämpfte mich durchs Leben, wie es irgend ging. Auch finanziell hatte ich es nie leicht. Einige Zeit musste ich sogar ausschließlich von Geschenken leben, die der Wald hergab. Waldfrüchte und Pilze waren meine einzige Rettung. Und weil ich so gelebt habe, inspirierte mich wahrscheinlich ein Junge, der Ähnliches durchgemacht hat wie ich.

Ich erzähle Ihnen die Geschichte eines jungen Burschen, dessen Familie großes Unglück wiederfuhr. Mit der Zeit begann er, die Welt völlig anders wahrzunehmen, als es ihm vorher die Menschen in seiner Umgebung beigebracht hatten. Die Geschichte beruht auf wahren Begebenheiten, die wirklich passiert sind. Vielleicht fällt dem einen oder anderen unter Ihnen während beim Lesen ein, dass ich meine eigene Geschichte erzähle. Möglicherweise erkennen Sie sich in einigen Passagen selbst wieder. In beiden Fällen könnten Sie absolut Recht haben. Die Ereignisse, die unser Held von seinen Kindheitsjahren an bis zum Erwachsenwerden erlebte, beeindruckten mich derart, dass ich das Bedürfnis verspürte, sie Ihnen in Form einer Erzählung weiterzugeben.

Ich bin überzeugt, dass diese Geschichte und auch einige meiner Worte am Schluss Inspiration und Hoffnung bringen, und vielleicht auch einen kleinen Schritt zur Veränderung des gewöhnlichen Lebens vieler meiner Leser bedeuten, und dass sie Ihnen helfen, jeden Augenblick Ihres Daseins voll auszuleben.

Ich möchte all jenen danken, die an der Entstehung dieses Buchs mitgewirkt haben, vor allem aber allen Lesern, auch wenn sie vielleicht nur einen Blick ins Buch geworfen haben. Mein größter Dank gilt denjenigen, die das Buch bis zum Ende lesen, da diese Leute offensichtlich auch bereit sind, Wahrheiten zu akzeptieren, die sich oft von denen unterscheiden, die man uns von Kindheit an eintrichtert.

MIT GEDANKEN ZUM GLÜCK

Ich heiße Tomáš und wurde in der Tschechischen Republik, der damaligen Tschechoslowakei, geboren, und zwar in Pilsen, einer großen Kreisstadt in Westböhmen. Zum Zeitpunkt meiner Geburt schrieb man das Jahr 1983, und unsere Republik wurde von der Kommunistischen Partei regiert.

Eine Weile wohnten wir in Pilsen. Nach kurzer Zeit jedoch empfahl ein Kinderarzt meinen Eltern, wegen meiner Atemprobleme irgendwohin außerhalb der Großstadt zu ziehen. Meine Eltern folgten der Empfehlung und kauften unweit der Stadt, in Kozolupý, ein Haus. Im dortigen riesigen, schönen Haus wohnten wir etwa bis zu meinem vierten Lebensjahr, aber allzu viele Erinnerungen an diesen Ort sind mir nicht geblieben. Ich erinnere mich nur an ein paar Momente – z. B. daran, wie ich die Katze streichle, im Sandkasten spiele, wie mein Vater ständig irgendetwas am Haus repariert und baut, und dass er nie zu Hause ist, weil er noch arbeiten geht. Ein riesiges Haus, dass eher an eine Mietskaserne erinnerte und ständig repariert werden musste, sodass meinen Eltern langsam das Geld für diese Reparaturen und für den eigentlichen Betrieb des Hauses auszugehen begann, und uns leider nichts anderes übrig blieb, als das Haus zu verkaufen und wieder umzuziehen.

Meine Mutter erhielt zu dieser Zeit ein Arbeitsangebot in der kleinen Stadt Cebivice, nur ein paar Kilometer weiter westlich gelegen. Sie sollte in der dortigen JZD arbeiten.

Zur Erklärung: JZD war die Abkürzung für Jednotné zemědělské družstvo (Einheitliche Landwirtschaftliche Genossenschaft). Nach 1948 begannen infolge der sozialistischen Landwirtschaftspolitik JZDs zu entstehen, um größtmögliche Ackerflächen zu schaffen. Es handelte sich in vielerlei Hinsicht um eine Nachahmung der sowjetischen Kolchosen. Eine Reihe von Bauern war gezwungen, unter verschiedensten Arten von Druck ihren Besitz aufzugeben.

Dieses Stellenangebot schien einfach perfekt zu sein, weil damit ein Anspruch auf eine Vierzimmerwohnung verbunden war, die nur wenige Schritte vom eigentlichen Arbeitsplatz entfernt war. Die damalige Regierung schenkte einem nichts, auch wenn dies heute viele Leute glauben. Voraussetzung, um derartige „Privilegien" zu bekommen, war, dass mindestens ein Elternteil in die Reihen der Kommunistischen Partei eintreten musste. Die Wahl fiel in diesem Fall auf meinen Vater, da mit dem Parteibeitritt auch ein „günstiges" Stellenangebot in der gleichen JZD verbunden war. Mein Vater hatte wahrscheinlich keine Wahl und akzeptierte das Angebot, obwohl er ein Gegner aller Ideologien, einschließlich der kommunistischen, war. Nach einigen Monaten erhielt er jedoch eine Empfehlung von ortsansässigen Kommunisten, deren Reihen zu verlassen, da er ihrer Meinung nach die politische Überzeugung der Genossen zu sehr anzweifelte. Nach mehreren Monaten Arbeit in der JZD beendete er also seine Tätigkeit und wurde wieder zu einem parteilosen Bürger. Er begann bei der staatlichen Eisenbahn zu arbeiten und war in der Lage, sich innerhalb von zwei Jahren vom Rangierer zum Stationsvorsteher hochzuarbeiten.

In dieser Gemeinde begann auch ich, den Weisungen des politischen Systems zu "folgen" und in den Kindergarten zu gehen. An diese Zeit erinnere ich mich sehr gut. Es gefiel mir, dass wir dort nach dem Essen Mittagsschlaf halten mussten, und wie wir gemeinsam mit anderen Kindern spielten. In Bezug auf diese Lebensetappe erinnere ich mich allerdings auch an einige weniger angenehme Ereignisse, beispielsweise an die vielen Streitereien zwischen meiner Mutter und ihrer Tochter aus erster Ehe, also meiner Halbschwester Jana. Sie ist 14 Jahre älter als ich und stand, so würde ich es sagen, immer unter dem Einfluss anderer Leute. Meistens übernahm sie von ihnen, oder bildete sich selbst, solche Meinungen, die zu Konflikten führten. Manchmal wählte sie auch bei der Erfüllung ihrer täglichen Aufgaben lieber eine Lösung, die zu einem Konflikt führte. Zum Beispiel saß sie, statt in die Schule zu gehen, den ganzen Vormittag vor dem örtlichen

8

Laden herum, bis eines Tages die Verkäuferin unsere Mutter darüber informierte, die dann die ganze Angelegenheit dem Schuldirektor erklären musste. Auch wenn wir die gleiche Mutter haben, ging die Denkweise meiner Schwester, was das Leben anging, immer in eine völlig andere Richtung als meine. Oft übernahm sie nämlich fremde Meinungen, hauptsächlich von ihrem Vater, der weder mit ihr lebte noch sie erzog. Es ist interessant, dass uns Menschen immer nur die negativen Erlebnisse im Gedächtnis bleiben, und die schönen quasi verlorengehen…so, als verwelkten sie in den Gedanken.

Anmerkung des Autors:

Es ist so, dass wir die negativen Erlebnisse in einem gegebenen Augeblick stärker durchleben, mehr über sie nachdenken, und diese letztlich alles andere um uns herum verdrängen. Glücklicherweise muss dies nicht immer so sein. Es genügt, diese „negativen" Gefühle sozusagen mithilfe der positiven Gefühle auszulöschen, sodass wir uns gleich besser fühlen auf dieser Welt…

Wie wir bereits wissen, hatte ich Eltern, die ich sehr mochte. Auch hatte ich eine Halbschwester mütterlicherseits. Das ist jedoch nicht alles. Von Seiten meines Vaters hatte ich noch eine weitere Halbschwester und sogar einen Bruder. Beide meine Eltern waren nämlich bereits schon einmal geschieden und brachten so indirekt zwei Schwestern und einen Bruder in mein Leben. Natürlich hatte ich auch zwei Omas und zwei Opas. Die Großeltern schauen wir uns etwas genauer an. Jeder von ihnen war aus ganz anderem Eisen geschmiedet, sodass ich manchmal kaum begreifen konnte, wie sie es miteinander aushielten. Ich spreche jetzt vor allem von meinen Großeltern mütterlicherseits. Oma lebte mit Opa in der gleichen Stadt, in der ich geboren wurde, und sie besaßen dort eine schöne Wohnung und sogar ein Wochenendhaus unweit Pilsen in der kleinen Gemeinde Kbelany. Übrigens gehörte dieser Ort während des Zweiten Weltkriegs zu Deutschland und nannte sich Wellana. Die dortige Wohnung und das Wochenendhaus erhielt mein Großvater für seine kommunistische Überzeugung, da er im Gegensatz zu meinem Vater wirklich an diese Ideologie glaubte.

Als kleiner Junge verbrachte ich oft die Wochenenden eben in diesem Wochenendhaus. Es gefiel mir ziemlich gut dort, weil ich von kleinauf die Natur mochte und mich noch heute gern in ihr aufhalte. Ich wusste zwar nie, warum, aber es genügte mir, einige wenige Minuten in reiner Natur zu erleben, und sofort fühlte ich mich in der Seele besser. Ich habe mich das ganze Leben lang bemüht, großen Städten auszuweichen, und immer lockte mich eher das Landleben.

Anmerkung des Autors:

Hiermit möchte ich auf eine wichtige Tatsache hinweisen – wenn etwas Ihrer Seele guttut, tun Sie es wieder und wieder, es ist eine „Medizin" für viele Dinge.

Außer häufigen Besuchen bei den Eltern meiner Mutter besuchten wir auch die Eltern meines Vaters, meine zweite Oma und meinen zweiten Opa. Leider waren diese Besuche nicht allzu häufig. Wahrscheinlich, weil sie in Znojmo wohnten, einer Stadt im südöstlichen Teil der Republik, in Mähren. Mähren war von unserem Haus wirklich weit entfernt. Oma und Opa waren sehr nett. Ich mochte sie sehr gern und war in ihrer Gegenwart wirklich glücklich. Ich hatte ein ganz anderes Gefühl als bei den Eltern meiner Mutter. Opa, Vaters Vater František, war ein sehr gebildeter Mann, Geschichtsprofessor und Kandidat der Wissenschaften. Er liebte Antiquitäten, Wissenschaft und war ständig am Lernen, weil er darin die Erfüllung seines Lebens sah. Er war sehr fleißig und hatte keine Angst, seinen Zielen nachzugehen. Man kann sagen, dass er das, was er sich in den Kopf setzte, wirklich erreichte. Für mich war Opa ein kleiner Gott, oder zumindest verglich ich ihn mit dem berühmten Albert Einstein.

Meine Großeltern waren auch streng gläubige Leute. Sie waren praktizierende Katholiken, respektierten die katholische Kirche und besuchten regelmäßig die sonntägliche Predigt in der Kirche. Gerade sie waren es, die mir den Weg aufzeigten, den inzwischen auch ich eingeschlagen hatte. Auch ich bin ein gläubiger Mensch. Man kann sagen, dass auch ich damals mit dem katholischen Glauben sympathisierte. Für einige Zeit war ich sogar Ministrant – weltlicher Diener bei der heiligen Messe.

Aber zurück zu meinem Großvater. Ich möchte ein Beispiel anführen für seine starke Überzeugung, dass er erreichte, was er sich in den Kopf setzte.

Anmerkung des Autors:

Bitten Sie Gott (das Universum), um was Sie wollen, und er wird Ihren Wunsch erfüllen.

Großvater wünschte sich immer, ein seltenes, altes Gemälde zu besitzen. Aber er hatte leider nie genug Geld, um sich eines kaufen zu können. Auch trotz des Mangels an Geldmitteln glaubte er fest daran, dass er ein solches Gemälde bekommt. Jemand anderes würde vielleicht sagen: Wenn du es dir nicht leisten kannst, kannst du es höchstens stehlen. Aber mein Großvater gab nicht auf und hielt an seinem Glauben fest. Ob Sie es glauben oder nicht, der Augenblick, in dem er das Gemälde erhielt, kam tatsächlich. Eines Tages las er eine Anzeige, dass jemand alte Sachen von seinem Dachboden verschenkt und als Gegenleistung nur dessen Reinigung verlangt. Großvater packte die Gelegenheit beim Schopfe, da ihm bewusst (und dies auch allgemein bekannt) war, dass während der Okkupation durch Deutschland viele Kunstwerke geraubt, später beim Rückzug der deutschen Truppen versteckt, und oftmals bis heute nicht gefunden wurden. Neben alten, von Holzwürmern durchlöcherten, Möbeln, die er von diesem Dachboden räumte, fand er dort auch ein paar alte

Bilder. Der Besitzer des Dachbodens dachte sich, dass die Bilder keinen besonderen Wert haben würden, weil sie nicht signiert waren. Großvater, als echter Antiquitäten-Liebhaber, nahm alles mit nach Hause und untersuchte, was er auf dem Boden gefunden hatte. Eines der Gemälde erwies sich als stark beschädigt, die Farbe war abgeblättert, und der hölzerne Rahmen war von Rissen durchzogen. Großvater bemerkte jedoch, dass sich unter der abblätternden Farbe nicht nur leere Leinwand verbarg. Also brachte er das Bild zu einem Experten, um es untersuchen zu lassen, wobei sich herausstellte, dass das Bild von irgendjemandem übermalt worden war. Unter der oberen Farbschicht verbarg sich ein seltenes Porträt von einem berühmten tschechischen Maler.

Diese Geschichte meines Großvaters bestätigt mich heute nur in meinem Glauben, dass, wenn wir etwas wirklich wollen und immer wieder daran denken, unsere Energie in die Welt – ins Universum – zu Gott auszusenden, erhalten wir bald eine Antwort, und zwar vielleicht auch in materieller Form – unser Wunsch geht in Erfüllung. Und wenn ich heute auf meine Vergangenheit zurückschaue, weiß ich, dass es wirklich funktioniert, es genügt damit anzufangen, die Welt um einen herum intensiver wahrzunehmen...

Großvater war sehr glücklich über das von Gott erhaltene Geschenk! Jetzt habe ich bereits mehrfach das Wort Gott benutzt, und werde es auch weiter in meiner Geschichte tun.

Überspringen wir jetzt einige meiner Kinderjahre, um uns endlich mit den Gefühlen zu beschäftigen, für die ich die ganze Welt so hasste, und mit denen, für die ich die Welt zu lieben begann...

Wir schreiben das Jahr 1994.

Wir befinden uns zeitlich schon nach der Revolution von 1989, als die von der kommunistischen Partei geführte

Regierung gestürzt wurde, Václav Havel als Präsident aus den ersten freien Wahlen hervorging und sich für uns langsam das Tor zum Westen „zu öffnen" begann.

Ich war damals zehn Jahre alt, und wir lebten bereits in der wunderschönen Stadt Mariánské Lázně, wieder ein Stück näher am „Westen". Ich war von meinen Eltern etwas verwöhnt worden, da beide wegen ihrer Arbeit sehr beschäftig waren und nicht allzu viel Zeit für mich hatten. Die gesamte Zeit nach der Revolution war unglaublich. Auf einmal öffnete sich die Staatsgrenze, und damit auch viele Geschäftsmöglichkeiten, die sich bis dahin nicht realisieren ließen. Jeder, der nur etwas Mut hatte, begann in irgendeinem Bereich zu unternehmen. Mein Vater und meine Mutter waren dabei keine Ausnahme. Vater startete ein Export-Import-Unternehmen, und meine Mutter öffnete ein Goldgeschäft in Marianské Lázné. Obgleich sich beide von der Bank mehrere Millionen liehen, waren sie in der Lage, die Kredite innerhalb weniger Jahre bis auf die letzte Krone zurückzuzahlen. Was die wirtschaftliche Seite betrifft, ging es uns wirklich gut. Bezüglich der Psyche lässt sich dies eher nicht behaupten, wie ich heute bereits begriffen habe.

Wie schon gesagt, mein Vater begann sich mit Handel zu befassen, genauer gesagt, importierte er amerikanische Autos auf den tschechischen Markt. Seinerzeit war dies ein großartiger Einfall, weil bei uns nach der Revolution die Leute höchstens einen Škoda Favorit besaßen.

Egal, welche unternehmerische Tätigkeit man wählt - sie ist jedenfalls nicht so einfach. Schon gar nicht in einer Republik, die gerade eine „Reinigungskur" nach dem Sturz der kommunistischen Vorherrschaft hinter sich hatte. Ich war jung und verstand nicht viel von den Dingen, über die mein Vater bei seinen ständigen Telefonaten sprach. Ich erinnere mich jedoch gut daran, wie er sich ständig aufregte und sich offenbar meist mit den Fehlern der ihn umgebenden Leute befasste.

Die Einfuhr amerikanisicher Autos zu uns nach Tschechien war wirklich eine gute Idee, allerdings war es damals ein großes Problem, ein solches Fahrzeug anzumelden. Da die Demokratie in unserem Land noch „in den Windeln" steckte, waren einige Gesetze und auch die Denkweise der Bevölkerung sozusagen noch kommunistisch. Ich muss sagen, dass dies in gewisser Hinsicht noch heute gilt. So war bei Fahrzeugen aus den USA beispielsweise die dritte Bremsleuchte ein Riesenproblem. Die damaligen Verkehrsingenieure hatten wohl kein Vertrauen in Dinge, die nicht von ihnen selbst stammten. Heute ist man aber auch schon bei uns in Tschechien darauf gekommen, dass diese Bremsleuchte zur größeren Verkehrssicherheit beiträgt. Damals erhielt man mit einem solchem Fahrzeug jedoch keine TÜV-Plakette. Ganz zu schweigen von roten amerikanischen Blinkleuchten und dergleichen. Jedenfalls hatte mein Vater, obgleich alle Autos schön und luxuriös waren, jedes Mal irgendein Problem damit.

Mein Vater konzentrierte sich aber auch auf einen anderen Unternehmenszweig und blieb nicht nur bei Autos. Er begann, sich z. B. für das Bankwesen und die Zollverwaltung zu interessieren.

Ich weiß nicht genau, auf welche Weise mein Vater zu dem riesigen ehemaligen Militärgelände an der Grenze in Richtung Tachov kam, aber ich glaube, dass er es vom Staat in einer Versteigerung erworben hatte. Nach der Revolution verblieben im ganzen Land nämlich unbewohnte und ungenutzte Militärübungsplätze, die die neue Regierung zu Geld zu machen versuchte, wobei Versteigerungen eine der Möglichkeiten waren, sich dieser überflüssigen Lasten zu entledigen. Und so begann für meinen Vater nach der Ersteigerung dieses Geländes das große Geschäft im Bereich der Zollabfertigung. Mein Vater und einer seiner Kollegen gründeten damals eine Firma. Nennen wir sie zum Beispiel INZIANA. Auf diesem ersteigerten Areal sollte ein Hotel, ein Parkplatz für LKWs, Büros für verschiedenste Firmen usw. entstehen. Es war ein großer und ambitiöser Plan, der wirklich umgesetzt wurde und funktionierte, sodass mein Vater, meine Mutter und ich seinerzeit wirklich den sogenannten Wohlstand erlebten. Meine einzige Sorge war es, was ich mit meiner Freizeit anfangen sollte, da beide Eltern ständig bei der Arbeit waren. Vielleicht wollten sie, da sie nicht allzuviel Zeit hatten, die Erziehung mit teuren Weihnachts- und Geburtstagsgeschenken kompensieren. Das war zwar schön, aber ich hatte trotzdem ständig das Gefühl, dass mir etwas fehlen würde...

Anmerkung des Autors:

Falls Sie das Gefühl haben, dass Ihnen etwas fehlt, wird sich dieses Gefühl auch auf die „reale" Welt übertragen.

Leider „litt" ich unter diesem Mangelgefühl. Oder sollte ich sagen Gott sei Dank?

Nun ja, zurück zu Vaters Firma. Mit der größeren Firma begannen auch größere Sorgen, mit denen sich hauptsächlich die Firmengründer – mein Vater und seine Kollegen – auseinandersetzen mussten. Um es sich etwas leichter zu machen, nahmen sie „erfahrene Mitarbeiter" unter sich auf. Mein Vater war überzeugt, dass nur erfahrene Leute in der Lage sein würden, eine so große Firma verantwortungsvoll zu leiten. Er erweiterte sein Kollektiv also um Ingenieure und viele Leute mit Hochschulabschlüssen. Darunter war auch mein „Onkel" Miroslav (das Wort Onkel setze ich absichtlich in Anführungszeichen, da es sich nur um den zweiten Ehemann meiner Tante handelte, die sich in den Neunzigerjahren von meinem echten Onkel Jirka, meinem Cousin, auf den wir später noch zu sprechen kommen, scheiden ließ.) Meine Tante – die Schwester meiner Mutter Jolana – verließ ihn angeblich wegen einer echten Liebe. Ich bin jedoch überzeugt, dass es eher aus Kalkül und mit dem gleichen Ziel geschah, das Jolana und Miroslav letztlich „erreichten". Kurz gesagt, Miroslav, der neue Mann meiner Tante, übrigens Ingenieur, der, wie ich später herausfand, im letzten Regime als Helfer der damaligen Polizei tätig war, war zu dieser Zeit arbeitslos. Bis auf seinen Titel und seine ruhmlose Vergangenheit war er ein ganz gewöhnlicher Mensch ohne Erfahrung in irgendeiner Firma. Dafür war er ein Mensch ohne jedes Gewissen, wie wir schon bald erfahren sollten.

Mein „Onkel" kam damals zu uns, um meinen Vater um Arbeit zu ersuchen. Er war unglücklich und verzweifelt und behauptete, dass es Schicksal sei, da er sich meine Tante zur Frau genommen und sich so zufällig im Umfeld meines Vaters wiederfand, den er in der Lage war, von seiner Unentbehrlichkeit für die Firma zu überzeugen. Übrigens erschien er in einem rostigen alten Auto, in Jogginghosen und sich auflösenden Schuhen. Mein Vater war gutgelaunt und stimmte seinem Vorschlag zu, da er gerade einen Wirtschaftsingenieur suchte und ihm dadurch die Arbeit mit der Suche erspart blieb. Zudem war es der Ehemann seines Schwagers, ein Teil der „Familie". Also zweifelte er nicht an seinen Qualitäten.

Herr Ingenieur wurde also eingestellt und erhielt als Antrittsprämie von der Firmenleitung ein neueres Fahrzeug deutscher Fabrikation sowie einen neuen Anzug, um die Firma gut repräsentieren zu können.

Wie war eigentlich mein „Onkel" Miroslav? Innerhalb unwahrscheinlich kurzer Zeit machte er einen sehr guten Eindruck auf meinen Vater. Vor allem erweckte er in ihm den Eindruck eines ehrlichen, sehr intelligenten und netten Menschen. Er zeigte immer Interesse an mir, wenn ich mich in seiner Nähe befand, und manchmal brachte er mir Geschenke von seinen Reisen mit, genau so, wie es mein Vater tat.

Der ausgeklügelte Plan meines „Onkels" begann langsam aufzugehen. Innerhalb kürzester Zeit heiratete er meine Tante. Wahrscheinlich, um noch näher an das Eigentum zu gelangen. Was ihm in kurzer Zeit tatsächlich gelang, da er sich schon nach wenigen Monaten in die Geschäftsleitung der Firma vorarbeitete. Er war ein derart überzeugender Mensch, dass er meinen Vater buchstäblich zum Narren hielt. Nach diesem Ereignis begannen sich große und interessante Dinge zuzutragen...

Mein „Onkel" engagierte sich zunehmend in der Geschäftsleitung und überzeugte seine Kollegen, noch weitere Mitarbeiter einzustellen, wobei er behauptete, sehr fähige Ingenieure zu kennen. Und so brachte er mehrere weitere Mitglieder ins Team und setzte so langsam aber sicher seinen Plan um ...

Worüber ich jetzt schreibe, ist für mich wirklich schwierig. Vor allem bemühe ich mich, meine Gedanken unter Kontrolle zu behalten, da es um eine wirklich schreckliche Tat geht, die beginnt, wieder Hassgefühle in mir hervorzurufen. Zum Glück weiß ich heute schon, dass man Hassgefühl oder irgendwelche negativen Emotionen stillen und durch ein wesentlich angenehmeres Gefühl ersetzen kann ....

Einer der Kollegen aus dem Team meines „Onkels" war, wie ich später herausfand, ein sehr geheimnisvoller Mensch. Nennen wir ihn Štčpán. Neben anderen Tätigkeiten war er Pilot von Verkehrsflugzeugen.

Štěpán und mein „Onkel" Miroslav waren, wie sich später herausstellte, ein sehr eingespieltes Duo.

Mein Vater befasste sich mit mehreren Unternehmensfeldern, weshalb er häufig zu Versammlungen von einem Ort zum anderen fuhr. Wie übrigens auch die anderen Mitglieder der

Firma. Die erwähnten Orte lagen manchmal hunderte Kilometer voneinander entfernt.

Für meinen Vater, wurden die aus den USA importierten Autos zur großen Leidenschaft, und er mochte sie alle sehr. Sie waren quasi sein größtes Hobby. In der Familie besaßen wir mehrere, natürlich amerikanische, Fahrzeuge.

Eines Tages fuhr mein Vater aus Mariánské Lázně zu einer Verhandlung in Richtung Cheb. Er fuhr mit seinem grauen, amerikanischen Lieblingswagen. Nach einiger Zeit begann er sich zu wundern, dass vor ihm ständig das Fahrzeug eines Taxidienstes mit Brünner Kennzeichen fuhr. Was für die damalige Zeit wirklich ungewöhnlich war, da Cheb von Brünn etwa 400 km weit entfernt ist. Das Fahrzeug fuhr wirklich langsam und ermöglichte meinem Vater nicht, es zu überholen. Letztlich entschloss sich mein Vater und gab Gas, da ihm das Verhalten des Taxifahrers gefährlich erschien. Mein Vater irrte sich nicht. Sobald er mit dem Überholmanöver begonnen hatte, trat auch der Taxifahrer aufs Gaspedal und verhinderte, dass mein Vater ihn überholte. Nach einer Weile wurde das Taxi endlich langsamer, und sein Fahrer ließ meinen Vater vorbei. Leider geschah dies im Moment, als sich ein Auto auf der Gegenfahrbahn näherte, sodass es meinem Vater nicht mehr gelang, eine Kollision mit diesem zu vermeiden. Er verursachte also einen Unfall. Der Taxifahrer fuhr einfach weiter, als wäre er nie vorher am Tatort gewesen.

Der Zusammenstoß mit dem entgegenkommenden Fahrzeug war glücklicherweise nicht allzu schwer. Die Beifahrerin in dem Auto hatte einen gebrochenen Arm, und die anderen Insassen kamen mit ein paar Schrammen und blauen Flecken davon. Mein Vater brach sich eine Rippe und hatte mehrere Schürfwunden. Hinterher spaßte er noch darüber, wie schwach der Zusammenprall war, da nicht einmal die Airbags aktiviert wurden. Zusammengefasst blieben also ein paar Frakturen, Schürfwunden und natürlich verbeultes Blech an beiden Autos.

Nichts allzu ernstes, könnte man meinen. Da jedoch die Polizei, die den Unfallhergang „untersuchte", zum Schluss kam, dass sich mein Vater auf der Straße unangemessen verhalten hatte, wurde er für das Überholen auf einem unübersichtlichen Abschnitt bestraft. Normalerweise hätte die Polizei damals für ein solches Vergehen eine Strafe von höchstens 10.000 CZK verhängt, aber, *wie ich später dank eigener Ermittlungen herausfand,* standen die Polizisten, die den Unfallhergang untersuchten, in engem Kontakt mit meinem „Onkel" sowie mit weiteren Kollegen, konkret mit Štěpán. Das heißt, gegen meinen Vater wurde nicht nur eine Geldstrafe verhängt, sondern er bekam auch noch ein Fahrverbot für die Dauer eines Jahres. Wo gibt es denn sowas? Für das Überholen auf einem unübersichtlichen Abschnitt?! Nun, auf jeden Fall war mein Vater von da an gezwungen, nur als Beifahrer in seinem Wagen mitzufahren.

Dieser Unfall führte mich bei meinen späteren Nachforschungen auch zu einer Person, die ich in meiner Jugend sehr mochte. Nennen wir sie hier mal Petr. Auch Petr war Angestellter in der Firma meines Vaters. Genauer gesagt – er war Mitglied des Objekt- und Personenschutzes. Ich kann Ihnen sagen, dass ich bis zum heutigen Tag nicht weiß, was genau ich von Petr halten und wo ich ihn hinstecken soll. Aber zumindest lässt sich sagen, dass es sich bei ihm um eine in vielen Situationen „krankhaft" verlogene Person handelte.

Petr arbeitete bereits mehrere Jahre beim Wachdienst und hatte auch unter den Polizeibeamten eine Reihe von Bekannten. Allerdings weiß ich nicht, ob in ebenso großem Umfang wie z. B. Štěpán. Auch wenn man sagen kann, dass Petr später begann, sich mit meinem „Onkel" und auch mit Štěpán zu befreunden. *Allerdings wurde mir das erst als Erwachsener bewusst, als ich das Vertrauen in ihn verlor. Oder sollte ich lieber sagen Gott sei Dank?*

Wenn wir denn fortfahren, beschreibe ich die weitere Entwicklung der Situation um meinen Vater herum, so kommen wir dann endlich zu einem dramatischen Moment, der viele Leute und vor allem mich und meine Mutter beeinflusst hat. Jetzt achten Sie bitte genau auf die Details. *Diese Informationen habe ich als Erwachsener der Polizei und vielen anderen Institutionen vorgelegt.*

Für den Juni des Jahres 1994 hatte mein Vater ein Treffen mit vielen wichtigen Leuten bezüglich der weiteren Entwicklung der Firma geplant. Die Sitzung hatte wirklich große Bedeutung und sollte im Areal der Firma nahe der Stadt Tachov stattfinden. Die Wichtigkeit des Treffens wird auch durch die Tatsache belegt, dass dabei Änderungen in der Geschäftsleitung mitgeteilt werden sollten. Mein Vater wollte gemeinsam mit seinem Kollegen, einem der Firmengründer, die Absetzung meines „Onkels" Miroslav und Štěpáns von ihren Führungspositionen verkünden. *Mein Vater stellte innerhalb weniger Monate fest, dass es mit den Qualitäten dieser Männer doch nicht so weit her war, wie sie es vorher dargestellt hatten.*

Ich, meine Mutter und mein Vater wohnten, wie gesagt, seinerzeit, in Mariánské Lázně. Ich möchte darauf verweisen, dass Mariánské Lázně und das Firmengelände genau vierzig Kilometer voneinander entfernt sind. Das Treffen sollte um 15:00 Uhr im Hotel auf dem Firmengelände beginnen. Nach dem Mittagessen, so etwa um 12.30 Uhr, sollten sich mein Vater und sein Kollege, den wir im Folgenden Láďa nennen werden, auf den Weg machen. Begleiten sollte sie in seinem Dienstwagen ein Bekannter, und zugleich sehr guter Freund, meines Vaters. Dieser Freund war für das Treffen ebenfalls sehr wichtig, da er Direktor der Bank war, welche die meisten der Einfälle meines Vaters finanzierte. An jenem Tag bat Láďa aus *(mir heute bereits bekannten)* Gründen meinen Vater, sich zu seinem Freund ins Auto zu setzen und gemeinsam zu fahren

– angeblich, weil sie sich solange nicht gesehen hätten und sich so während der Fahrt miteinander unterhalten könnten. *Leider war dies nur Teil eines raffinierten Plans meines „Onkels", Štěpáns und vieler weiterer Personen. Sie nutzten einfach aus, dass mein Vater selbst nicht fahren konnte und von anderen Fahrern abhängig war.*

Mein Vater setzte sich also tatsächlich ins Auto seines Freundes, und gemeinsam machten sie sich auf den Weg zum Treffen. *D. h., allen ihren Gegenern war genau das gelungen, was sie gewollt hatten – beide in einem Auto zu haben, an einem gemeinsamen, leider für beide schicksalhaften, Platz ...*

Zu gern würde ich erfahren, wie die Diskussion zwischen beiden Männern im Auto an diesem Schicksalstag ablief ...

In einer unübersichtlichen Kurve unweit von Mariánské Lázně, in der Nähe eines bekannten Teichs, endeten ihre gemeinsame Fahrt und leider auch das Leben beider Fahrzeuginsassen! Ihr Auto „flog" buchstäblich auf die Gegenspur unter einen entgegenkommenden LKW. War es Zufall? Oder eher nicht?! Wieder war es ein LKW mit Brünner Kennzeichen...Keiner der Männer, weder mein Vater noch sein Kollege, hatten eine Chance, diesen Unfall lebend zu überstehen. Der LKW war voll beladen, und ein Frontalzusammenstoß mit einem so großen und schweren LKW kommt dem Aufprall auf eine Betonmauer gleich...Beide waren auf der Stelle tot. Der später an der Unfallstelle eingetroffene Arzt konnte dies nur noch bestätigen. Der Fahrer des LKWs kam mit nur einigen Kratzern davon. Bei späteren Nachforschungen gelang es mir nicht mehr, ihn ausfindig zu machen. Er war „wie vom Erdboden verschluckt"....

Jetzt möchte ich etwas näher auf weitere Ereignisse eingehen, die auf den tragischen Unfall folgten, der eine große Veränderung nicht nur für unser Leben, sondern auch für das

Leben einiger weiterer Leute bedeutete. Dem einen ebnete diese Veränderung den Weg zu viel Geld und einem Leben in „Wohlstand", für den anderen war es ein sehr trauriges und niederschmetterndes Ereignis …

Heute kommt es mir so vor, als schriebe ich eine Nachricht aus dem Jahre 1968, als auf unserem Boden ein Militäreinsatz der Armeen von fünf Warschauer Vertragsstaaten (UdSSR, Bulgarien, Ungarn, DDR und Polen) stattfand. Auch auf diesen Einsatz folgten jede Menge Veränderungen, genau wie auf das tragische Ereignis, das meinen Vater betraf. Die Veränderungen nach dem Militäreinsatz waren für Leute, die nicht mit dem kommunistischen Regime und seiner Ideologie sympathisierten, sehr schmerzhaft. Im Gegensatz dazu waren sie für die andere Seite, die alles unterstützte und verbreitete, sehr „positiv". Für die erstgenannte Gruppe bedeutete dies im besseren Fall „nur" Polizeiverhöre und Gefängnishaft, für die zweitgenannte Lohnerhöhungen, Beförderungen auf Leitungs- und Direktorposten usw.…

Wie ich schon erwähnte, passierten die gleichen Dinge auch in „unserer" Firma und unserem unmittelbaren Umfeld. Bevor ich beginne, alle Veränderungen zu erklären, muss ich erst einmal den Hergang der Ereignisse nach dem Autounfall beschreiben …

Láďa, der zusammen mit meinem Vater, nur in einem anderen Auto, aus Mariánské Lázně losgefahren war, soll angeblich als Erster am Unfallort gewesen sein. Er rief den Rettungswagen und die Polizei. *Selbstverständlich fand ich als Erwachsener heraus, dass er bei der Polizei einen Bekannten anrief, dessen Namen ich heute wohl leider nicht mehr erfahre …*

Polizei und Krankenwagen trafen also am Unfallort ein. Laut Polizeiprotokoll waren sie um 14:50 Uhr dort. Diese Information bestätigte mir nach vielen Jahren der Fahrer eines Linienbusses, mit dem ich mich anschließend an meiner damaligen Arbeitsstelle traf. *Er erinnerte sich, wie er damals in der Fahrzeugkolonne stand, die sich an der Unfallstelle gebildet hatte und auf deren Räumung wartete.*

Im Moment, als er mir erzählte, dass er alles, was sich an jenem Tag geschah, lebendig vor Augen hätte, wurde mir klar, dass nichts im Leben Zufall ist. Ich will der Erzählung jedoch nicht mit Überlegungen vorgreifen, deretwegen dieses Buch entstanden ist...

Also den ersten ersten Fehler beging die Polizei, die routinemäßig, wie bei gewöhnlichen Autounfällen, vorging. Der Fehler lag darin, dass sämtliche persönliche Sachen meines Vaters vom polizeilichen Ermittler an Láďa übergeben wurden, also praktisch an eine völlig fremde Person! Einen weiteren groben Fehler beging die Polizei, als sie das Gutachten bezüglich des verunglückten Autos anordnete. Unter normalen Umständen wird ein Fahrzeug nämlich unmittelbar nach dem Unfall zur erwähnten Begutachtung geschickt. In diesem Fall verstrich nach dem Unfall, bevor das Gutachten durchgeführt wurde, jedoch eine ganze Woche, während derer das Auto auf irgendeinem Privatgrundstück unweit vom Unfallort stand. D. h., jedermann hatte Zugang zum Fahrzeug...Zufall?

Zufälle gibt es nicht!

Also zurück zum Unfallort... um 14:50 Uhr erfolgte die sogenannte Tatortbesichtigung, und um 15:00 Uhr sollte, wie bereits erwähnt, das Treffen der Geschäftsleitung an einem noch etwa zweiunddreißig Kilometer entfernten Ort stattfinden.

Zu dieser Zeit war ich auf dem Nachhauseweg vom Klavierunterricht und hatte natürlich keine Ahnung, was passiert war. Nur konnte ich es nicht erwarten, dass mein Vater abends nach Hause kommt und wir zusammen das Ziel für unseren Sommerurlaub mit der ganzen Familie aussuchen.

Meine Mutter war in ihrem Laden und kam gegen 17:00 Uhr von der Arbeit nach Hause. Wie ich bereits gesagt habe, betrieb meine Mutter einen Laden mit Schmuck und Uhren. Nach dem Heimkommen kochte sie Abendessen, und gemeinsam warteten wir auf meinen Vater. Während sie das Abendessen vorbereitete, vertraute sich meine Mutter mir nur damit an, dass mein „Onkel" und sein Kollege bei ihr im Geschäft gewesen seien und nach meinem Vater gefragt hätten. Angeblich hätten sie ein Treffen haben sollen, zu dem er aber zur verabredeten Zeit nicht erschien. *Als ich mir später die verfügbaren Informationen genauer ansah, zeigte sich, dass mein Onkel und sein, laut Aussage meiner Mutter wortkarg und nervös erscheinender, Kollege um 15:20 Uhr ins Geschäft kamen und nach meinem Vater fragten! Tatsächlich zeigten alle Uhren in Mutters Uhrengeschäft diese unglaubliche Zeit an.*

Den einen oder anderen mag es erstaunen, dass ich von einer unglaublichen Zeit spreche, also werde ich das besser erklären …

Das Treffen sollte um 15:00 Uhr unweit der Stadt Tachov auf dem Firmengelände stattfinden. Dieses liegt vom Geschäft meiner Mutter achtunddreißig Kilometer weit entfernt. Diese Strecke entspricht der Straßenentfernung und nicht der Luftlinie. Also um 15:20 Uhr, als mein „Onkel" Miroslav und sein Kollege in der Firma hätten sitzen und, genau genommen, auf ihren Chef hätten warten sollen, befanden sie sich mit Sicherheit irgendwo anders.

Nur so am Rande – hätten sie die Firma bereits um 15:00 Uhr verlassen, hätten sie mit einer Durchschnittsgeschwindigkeit von etwa 110 km/h fahren müssen, was für die betreffende Strecke – das muss jeder zugeben – völlig unrealistisch ist. Jedenfalls macht, wie man so sagt, jeder Schuldige irgendwo einen Fehler. Genau das hatte mein „Onkel" wohl vergessen. Zudem erzählte er meiner Mutter im Geschäft, dass die Strecke nach Mariánské Lázně wegen eines Unfalls gesperrt sei, und dass sie diesen Abschnitt über das Dorf Velká Hleďsebe umfahren mussten, um überhaupt zu Mutters Geschäft in Mariánské Lázně zu gelangen. *In diesem Fall hätte dies allerdings niemand in so kurzer Zeit geschafft, da allein die Umleitung die Trasse um weitere 8 km verlängerte ....*

Dies alles sind bis heute unbeantwortete Fragen... Warum warteten mein „Onkel" und sein Kollege nicht auf ihren Vorgesetzten am Arbeitsplatz – auf dem Firmengelände? Warum fuhren sie los, um ihn bei meiner Mutter im Geschäft zu suchen, wenngleich sich bis dahin keiner von ihnen jemals für meine Mutter interessiert hatte? Warum war der Kollege meines „Onkels" nervös und schweigsam? Warum übergab die Polizei die persönlichen Sachen meines Vaters in völlig fremde Hände? Er hatte eine Aktentasche mit wichtigen Dokumenten dabei, mit seinen Zukunftsplänen, mit neuen Unternehmensplänen, mit Verträgen. Und vor allen Dingen befand sich darin ein kleines persönliches Tagebuch, in welchem mein Vater vor allem vermerkte, wer ihm wie viel Geld schuldete .... Wohin verschwand diese Aktentasche? Bis heute weiß dies niemand von uns... Nur Vaters persönliches Tagebuch – ein Computer – wurde uns von meinem „Onkel" zurückgegeben, und zwar erst mehrere Tage nach dem Unfall. Er war „seltsamerweise" leer und ohne irgendwelche Daten. Mein „Onkel" gab ihn mit den Worten zurück, er sei beim Unfall beschädigt worden, und er habe ihn aus gutem Willen reparieren lassen, angeblich, damit ich wenigstens eine

Erinnerung an meinen Vater hätte!?... Was befand sich eigentlich alles in diesem Tagebuch und im Aktenkoffer...?

Diese und noch andere Fragen „trieben" mich später zu einer erneuten Aufarbeitung des tragischen Unfalls. Aufgrund der angeführten Tatsachen verstehen Sie bestimmt, warum ich meinen „Onkel" und seinen Kollegen des Mordes an meinem Vater verdächtigte, den sie lange vorher geplant haben mussten....

Aber nochmal zurück zum schicksalhaften Tag im Juni des Jahres 1994... Wie schon gesagt, um 15:20 Uhr suchten mein Onkel und sein Kollege meinen Vater bei meiner Mutter (*Danach hatte mein Onkel wohl viel Arbeit mit der Beseitigung der Beweise*). Als sie ihn nicht bei meiner Mutter im Geschäft fanden, fuhren sie weg. Zu uns nach Hause kehrten mein „Onkel" und Láďa erst um 18:10 Uhr zurück. Wo waren sie die ganze Zeit?! Was taten sie?!

Meine Mutter öffnete die Tür und fragte, wo mein Vater sei. Sie nahmen meine Mutter mit in die Küche, und als ich sie weinen hörte, war mir klar, dass etwas passiert sein musste. Nach einiger Zeit kamen sie auch zu mir ins Wohnzimmer, und mein „Onkel" teilte mir mit, dass mein Vater nie mehr nach Hause zurückkehren würde. ...

Dieses schreckliche Gefühl, wenn einem gesagt wird, dass man eine geliebte Person nie mehr wiedersieht, wünsche ich niemandem... Ich begann zu weinen wie niemals zuvor. Meine Kehle war wie zugeschnürt, sodass ich kaum atmen konnte... *Und in diesem furchtbaren, für mich schrecklichsten, Moment meines Lebens umarmte mich auch noch ein Mensch, auf den später alle Indizien als Schuldigen für den Tot eines anderen Menschen hindeuten sollten, an dem mir im Leben so viel lag.* Das konnte ich natürlich damals noch nicht wissen. Ich war ja noch ein Kind! Aber glauben Sie mir, wenn ich das heute erzähle, muss ich meine „dunklen" Gedanken sehr beherrschen, um nicht aus Rache auch irgendeine Straftat zu begehen ...

Wer schon mal eine geliebte, sehr nahestehende Person, verloren hat, weiß sicher, wie ich mich mit zehn Jahren nach dem Verlust eines Elternteils gefühlt habe.

Fahren wir mit der Erzählung über mein Leben fort, wobei ich einige Jahre bis zu meinem achtzehnten Geburtstag überspringe. Ich möchte nur so viel dazu sagen, dass in den Jahren nach dem Tod meines Vaters einige Tatsachen und Fakten ans Licht kamen, die mich dazu „anstachelten", den tragischen Unfall vom Juni 1994 noch einmal neu aufzurollen.

Mein „Onkel" gab für einige Zeit vor, die Vaterrolle in meinem Leben zu übernehmen. Er und auch sein bester Freund Štěpán begannen nach dem Tod meines Vaters, unversehens zu sehr reichen und angesehenen Leuten in der Gesellschaft zu werden. Nach dem Tod meines Vaters sollte ihn meine Mutter in der Firma vertreten. Sie war jedoch in einem sehr schlechten psychischen Zustand, sodass mein „Onkel" ihr gemeinsam mit den übrigen Mitgliedern der Firmenleitung anbot, sie auf Verhandlungen zu vertreten, und sie unterschrieb ihnen die Vertretungsvollmacht. Über das Geschehen in der Firma wussten wir also überhaupt nichts, schon gar nicht über ihre finanziellen Transaktionen. Es war im Grunde eine „fremde" Firma. Auf jeden Fall wurde uns auf einmal mitgeteilt, dass es ihr nicht gut geht und sie stark verschuldet ist!?

Jahre, nachdem ich mich für die Leute im Umfeld meines Vaters zu interessieren begann, stieß ich zum Beispiel auf mehrere interessante Tatsachen bezüglich des geheimnisvollen Štěpáns. Dieser hatte eine wirklich sehr „interessante" Vergangenheit. Vor dem Eintritt in die Firma meines Vaters war er „nur" Pilot von Düngerstreuern. Wahrscheinlich zürnte ihn die Nichtanerkennung in diesem Beruf, und er wollte auf jeden Fall ein sehr reicher und angesehener Bürger werden. Er sehnte sich danach, sich gerade in der Luftfahrt durchzusetzen. Ich glaube, er machte sich anfangs ziemlich gut, erwarb eine Qualifikation auch auf Verkehrsflugzeuge, sodass sich ihm die Gelegenheit bot, das Leben eines wirklich angesehenen Verkehrsflugzeugpiloten zu führen, allerdings nur im Falle, dass er keine „dunklen" Wege geht. Oder war es Bestandteil seines Plans? Glaubte er wirklich, dass man auf seltsamen Abkürzungen zum Glück gelangen kann?

Wie dieser Plan aussah, will ich anhand einer kurzen Geschichte aus seiner Vergangenheit veranschaulichen. Einmal, als er auf einem Privatflugplatz bereits als Rundflugpilot arbeitete, verspürte er das Verlangen, ein ähnliches Unternehmen zu besitzen. Er arbeitete dort noch zusammen mit einem anderen Piloten-Kollegen. Sie waren gute Freunde, die auch die Firma miteinander teilten. Es handelte sich um ein Unternehmen, das Rundflüge anbot. Sie vereinbarten sogar miteinander, dass, wenn einem von ihnen plötzlich etwas zustoßen sollte, der andere den Flugplatz inklusive aller Eigentumsrechte übernehmen würde. Dreimal dürfen Sie raten, wer Initiator dieser „Vereinbarung" war. Jawohl, unser Štěpán.

Vielleicht erstaunt es Sie, woher ich all diese Informationen habe, aber glauben Sie mir, dass sie von einer Person stammen, deren Namen ich aus verständlichen Gründen nicht erwähnen kann. Nehmen wir mal an, dass dieser Mensch einige Zeit in der genannten Firma beschäftigt war.

Diese Person verriet mir auch, dass er einmal in den Abendstunden, als er noch Dienst hatte, Štěpán sah, als er sich in der Nähe eines der Flugzeuge „zu schaffen" machte. Er maß dem keine weitere Bedeutung bei, da es sich ja praktisch um den Chef handelte. Warum sollte ein Chef nicht einfach so in der Firma herumlaufen? Auch wenn es stimmte, dass dieser

Mensch vorher auf dem Flugplatz in den Abendstunden nie jemanden getroffen hatte. Am nächsten Tag fand dieselbe Person jedoch heraus, warum der Chef wohl auf dem Flugplatz herumspaziert war. *Er meinte, dass er damals wohl Glück gehabt hatte und dass seinem Chef offenbar nicht bewusst war, dass er nicht allein auf dem Flugplatz war.* Für den nächsten Tag waren nämlich, wie im Übrigen immer, wieder Rundflüge geplant, wobei es immer Brauch war, dass der erste Flug ohne Passagiere stattfand. So war es auch an jenem Tag. Wieder können Sie versuchen, zu erraten, wer an diesem Tag Testpilot war. Ja, richtig – es war Štěpáns Kollege... Wie üblich, startete er mit dem Flugzeug. Aus unbekanntem Grunde stürzte es jedoch ab, und der Pilot starb noch vor Ort. Die Polizei schloss den Fall mit der Erklärung ab, dass es sich um ein technisches Problem am Flugzeug gehandelt hätte. Und so wurde Štěpán zum Eigentümer des gesamten Flugplatzes und mehrerer, fast neuer, Flugzeuge.

Überhaupt gelangte Štěpán auf unerklärlich schnelle und verdächtige Weise zu seinem Besitz und zu wichtigen Posten in den Firmen, in denen er arbeitete. Auch in der Firma meines Vaters war dies nicht anders. Nach dessen Tod wurde er zusammen mit meinem "Onkel" zu einem sehr mächtigen und reichen Menschen in der Firma. Auch mit den übrigen Mitarbeitern begannen interessante Dinge zu geschehen. Kündigungen erhielten nur Leute, die unserer Familie auf irgendeine Weise freundschaftlich zugeneigt waren. Und leider verfügten die beiden mit der Vollmacht, die ihnen meine Mutter unterschrieben hatte, über ein weiteres Instrument zur Festigung ihrer Macht. Diese Leute kennen meiner Meinung nach das Wort „Gewissen" nicht....

Also... in diesem Augenblick wissen wir, dass Štěpán, mein „Onkel", Láďa und mehrere andere begannen, die bis dahin prosperierende Firma „sehr gut" zu führen und zu wirklich großem Geld zu kommen. *Diese Information habe ich auch an öffentlich zugänglicher Stelle überprüft, im Internet, wo ich in digitalisierten Dokumenten der Firma las, welch riesige Summen nach dem Tod meines Vaters aus der Firma auf die Konten unserer wichtigsten Helden, „Onkel" Miroslavs, seines Kollegen Štěpán und sogar meiner Tante, ihres Sohnes und ihres Ex-Mannes, also meines echten Onkels, „abflossen". Nur so am Rande – die Dokumente wurden nach meinem Versuch, den Fall neu aufzuarbeiten, beseitigt. Ein weiterer Teil ihres raffinierten Plans?*

Machen wir uns nichts vor, wer Geld hat, hat auch Macht und kann sich wirklich "alles" kaufen… Am meisten bedauerte ich, dass mein „Onkel", der unserer Familie praktisch sämtliche Finanzen und Träume gestohlen hat, auch das liebste Hobby meines Vaters klaute. Und zwar die bereits erwähnten amerikanischen Autos. Innerhalb eines Jahres gelang es ihm, etwa siebzehn amerikanische Oldtimer zu kaufen und zu renovieren. Er besitzt sie noch heute. Diese Fahrzeuge haben in heutiger Zeit einen riesigen finanziellen, aber natürlich auch historischen, Wert. Für einen Menschen, der in ausgebeutelten Trainingshosen und mit einem rostigen, halb kaputten, Auto in die Firma kam, um nach Arbeit zu fragen, ist dies angesichts der wenigen Jahre, die es dauerte, eine wirklich erstaunenswerte Leistung.

Anmerkung des Autors:

Hier fällt uns vielleicht das "Gesetz der Anziehung" auf. Wer ein fröhlicher und netter Mensch ist, hat auch in seiner Umgebung ähnlich fröhliche und nette Leute. Dieses Gesetz funktioniert jedoch auf allen Ebenen. Wer ein böser Mensch ist, der nach Rache und Besitz dürstet, jemand, der betrügerisch handelt, wie zum Beispiel mein Stiefonkel Miroslav, zieht ähnlich denkende Leute und ähnliche Dinge an.

Im Falle meines Onkels war es so, dass er auch eine Reihe von Leuten mit einer sog. gespaltenen Persönlichkeit anzog. Beispielsweise Láďa. Er war ein relativ annehmbarer Kollege, den die Aussicht auf schnellen Verdienst wohl aber schnell auf die Seite des „Bösen" zog. Und so verstrickte er sich etwas in den vorgelegten Plan. Ich sage „etwas", weil er nach einigen Monaten Tätigkeit in der Firma mit neuer Führung – *mit Tyrannen und Betrügern* – seine Arbeit dort beendete und es für lange Zeit ruhig um ihn wurde....

Natürlich ging die Firma unter Leitung dieser Machtmenschen innerhalb kurzer Zeit, wie von ihnen beabsichtigt, kontrolliert zugrunde.... So, wie dies in unserer Tschechischen Republik leider bis heute läuft, entstanden auf einmal Dutzende kleiner Firmen mit engen Beziehungen zu diesen beiden Hauptpersonen. Diese Firmen hatten Geschäftsführer, wie z. B. meine Tante oder meinen Cousin, und sogar mein richtiger Onkel figurierte in den Namen der Firmen, obgleich ich bis dahin überzeugt war, dass er ein vernünftiger und ehrlicher Mann ist. Selbstverständlich wiesen all diese Firmen auf einmal unbezahlte Aufträge für Dienstleistungen aus, die sie für die Firma meines „Vaters" geleistet hatten, sodass sie praktisch das gesamte Eigentum der ursprünglichen Firma unter sich aufteilten. Jeder dieser „Geschäftsführer" erhielt für sein Schweigen irgendeine Belohnung. So bekam z. B. mein Cousin für diesen Dienst ein neues Einfamilienhaus. Meine Tante erhielt als Belohnung mehrere Immobilien und Autos. Meinem echten Onkel bezahlte man die Rekonstruktion seines Hauses, und so könnte ich fortfahren.

Meine Mutter und ich „lebten" inzwischen unser Leben sozusagen im Notbetrieb. Meine Mutter führte noch ein paar Jahre ihr Uhren- und Goldgeschäft weiter. Ich schloss die Grundschule ab und begann, auf eine Mittelschule zu gehen. Mein „Onkel" und seine Kollegen wurden derweil immer reicher und kauften sich teure Immobilien, Schmuck, Autos…. Štěpán arbeitete sich sogar bis in die „absolute Elite" vor und ist mit seinem Privatflugplatz bis heute ein begehrter und beliebter Partner. *Vor kurzem stieß ich auf seine Webseite, die er zur Werbung benutzt, und las mir dort die Kommentare von Leuten durch, die seinen Flugplatz schon einmal besucht hatten. Sie danken ihm für seine Geschicklichkeit und dass er es ihnen ermöglichte, sich ihren Traum – vom Fliegen – wahr zu machen…. Keine Ahnung, was die Leute sagen würden, wenn sie wüssten, was ich diesem kaltblütigen Mörder und Verbrecher zu verdanken habe…und ob sich noch einer von ihnen zu ihm ins Flugzeug setzen würde.*

Nach Vaters Tod entdeckten wir zu Hause auch ein paar verbliebene Dokumente. Unter anderem auch die Police einer Lebensversicherung, die mein Vater kurz vor dem Unfall bei einer Schweizer Versicherungsfirma abgeschlossen hatte. Als hätte er geahnt, was für ein riesiger Fehler es war, Leute wie meinen „Onkel" und seine Kollegen in die Firma zu lassen. Als hätte er geahnt, dass diese Leute über Leichen gehen würden, um ihr Ziel zu erreichen. Meine Mutter und ich dachten, dass wir wenigstens irgendeine finanzielle Satisfaktion aus dieser Versicherung bekommen würden. Mithilfe eines Anwalts und eines Übersetzers ließen wir uns alle notwendigen Dokumente für die Schweizer Versicherungsfirma übersetzen. In der Schweiz erwartete uns dann der nächste „Schock", als uns der Direktor der genannten Versicherungsfirma mitteilte und entsprechende Dokumente vorlegte, dass die Versicherungssumme aufgrund des vorgelegten Totenscheins bereits ausgezahlt worden war, und zwar schon eine Woche nach dem Tod meines Vaters. Irgendwer hatte die Dokumente und die Unterschriften gefälscht … Nur wer? Meine Mutter hegte Verdacht gegen eine bestimmte Person. Allerdings hätte dies ein Gerichtsverfahren bedeutet, das sehr teuer geworden wäre, sodass wir uns am Ende entschieden, die Sache irgendwie zu vergessen. Bis heute können wir nur mutmaßen, wer das wohl getan haben könnte?! Jedenfalls hatte man uns mit vereinten Kräften mehrerer zig Millionen Kronen beraubt! Wir wussten ja eigentlich nicht einmal, in welchen Fachbereichen und Branchen unser Vater tätig war und welche Dokumente er in seiner Aktentasche verbarg, die wohl bis heute jemand zu Hause versteckt hält oder inzwischen weggeworfen hat, um sich unangenehmer Beweise zu entledigen, ...

Für meine Mutter hatte der Tod meines Vaters schreckliche Folgen. Diese betrafen nicht nur ihr Leben, sondern auch ihr Goldgeschäft, für das sie einen Kredit in Millionenhöhe aufgenommen hatte. Den Kredit zahlte sie zwar schnell und spielend aus den Umsätzen zurück, aber mit der Zeit begann das Geschäft schlechter zu laufen. Obwohl sie das Unglaubliche schaffte – den riesigen Kredit mit wucherähnlichen Zinsen um die sechzehn Prozent bis auf die letzte Krone zurückzuzahlen. Auch wenn sich um sie herum alle an die Stirn tippten, weil sie sie für verrückt hielten, sich derart zu verschulden.

Anmerkung des Autors:

Hier sehen wir wieder einmal, dass Gott uns „nach dem Gesetz der Anziehung" wirklich alles gibt, was wir uns wünschen. Tomáss Mutter wünschte sich jedoch "bloß", ihre Schulden zu bezahlen, was in diesem Fall zu wenig war. Gott gab ihr genau das, was sie sich gewünscht hatte.

Zu einer Zeit, als das Geschäft bereits nicht mehr so gut lief, versuchte meine Mutter, wenigstens einen kleinen Laden mit Uhren und Uhrmacherdiensten zu eröffnen. Leider geschah dies zu einer Zeit, als die Leute begannen, auf Märkten irgendwelche nachgemachten Uhren zu kaufen, sodass es schwieriger und schwieriger war, in diesem Bereich unternehmerisch tätig zu sein. Daher ging auch dieser Laden bald zugrunde.

Niemand möchte allein sein im Leben. Auch meine Mutter bemühte sich, einen zu ihr passenden Partner zu finden. Leider zeigte sich im Nachhinein immer, dass der einzige Partner, den sie wollte, und der am besten zu ihr passte, mein Vater war.... Die anderen „Partner" erwiesen sich, gelinde gesagt, als nicht ideal ...

Zum Beispiel versuchte einer ihrer "Partner" uns einzuschüchtern, dass, falls wir ihn nicht als Mitglied unserer Familie anerkennen, er uns das Leben zur Hölle machen würde. Ich verstehe nicht, warum er so in unser Leben „drängte", wahrscheinlich, weil er den Geschichten glaubte, die man sich in der Stadt erzählte. Es ging das Gerücht um, dass meine Mutter jetzt eine sehr reiche Witwe sei und dass ihr nach Vaters Tod die Versicherungssumme aus der Lebensversicherung bei der Schweizer Versicherung ausgezahlt worden sei. Keine Ahnung, woher diese Information stammte, aber wir wissen bereits alle, was es in Wahrheit mit der genannten Lebensversicherung auf sich hatte. Auch weiß ich nicht, wie Leute auf solche Worte und Drohungen, einem das Leben zur Hölle zu machen, überhaupt kommen...? Als sich meine Mutter von diesem Menschen trennte, machte er sogar meinen Bruder und meine Schwester aus Vaters erster Ehe ausfindig und informierte sie, dass meine Mutter ihn bei der Aufteilung der Erbschaft betrogen hatte. Er behauptete ihnen gegenüber, bei uns zu Besuch gewesen zu sein und diverse Antiquitäten und Bilder gesehen zu haben, die seiner Meinung nach einen riesigen finanziellen Wert haben müssen, und er behauptete zu wissen, dass dieser Besitz nicht in das Erbschaftsverfahren eingeschlossen worden war. Meine Halbschwester und mein Halbbruder glaubtem ihm und reichten Klage gegen meine Mutter ein! Zum Pech meiner zwei Stiefgeschwister sah die Wahrheit so aus, dass die Bilder in Wirklichkeit mir gehörten, da mein geliebter Großvater sie mir bereits nach meiner Geburt vermacht hatte, und meine Eltern sich nur solange um sie kümmern sollten, bis ich volljährig war. Zum Glück lebte mein Großvater zu dieser Zeit noch und setzte ein Schreiben ans Gericht auf, in dem er alles erklärte, sodass dieses die Klage für unbegründet hielt und anerkannte, dass die Bilder tatsächlich nicht ins Erbschaftsverfahren einbezogen werden sollten. Niemand von uns begriff das Verhalten der Kinder meines Vaters aus erster Ehe, zumal meine Mutter sie wie ihre eigenen Kinder behandelte. In der Vergangenheit besuchten sie uns oft, und auch ich verstand mich mit meinen Geschwistern ziemlich gut. Meinen Großvater traf es damals sehr, da er dachte, dass die Familie immer zusammenhält. Es ist unglaublich, wie Geld das Denken beeinflusst... Und so „riss" nach langem gerichtlichem Hin und Her jeglicher Kontakt mit meinen Geschwiter ab, und viele Jahre interessierten wir uns nicht füreinander. Und, als wäre dies noch nicht genug, beerdigten wir in dieser Zeit, kurz nach der Gerichtsverhandlung, auch noch meinen Großvater, den das Bewusstsein, seinen Sohn überlebt zu haben, so sehr traf, dass er an den Folgen eines Schlaganfalls starb. Schlimmer konnte es wohl nicht mehr kommen. Aber es ging noch weiter ...

Nach der erwähnten, nicht so gelungenen, Beziehung meiner Mutter kam ein weiterer Herr. Nennen wir ihn mal „Mannequin" Vašek. Er achtete eher gern auf sein Äußeres und nicht so sehr auf die inneren Werte. Er spielte die Rolle eines Reichen, war aber eher so etwas wie ein Mannequin. Er war ein Mensch, der in der ehemaligen Firma meines Vaters arbeitete. Ich muss sagen, dass sich diese vermeintlichen Partner ohnehin nur deshalb für meine Mutter interessierten, weil sie darin eine Möglichkeit sahen, an ihrer Seite an irgendwelches verbliebenes Geld meines Vaters zu gelangen... Es kamen wirklich viele, um meine Mutter zu hofieren.

Zusammen mit diesem Vašek erschien wieder Petr auf der Bühne. Erinnern Sie sich an ihn? Er war Mitglied des Sicherheitsdienstes in der Firma meines Vaters. Zum zweiten Mal tauchte er bei uns lange Jahre nach dem Tod meines Vaters auf. Meine Mutter und ich waren begeistert, dass wir uns nach so vielen Jahren wieder trafen. Und wir glaubten in beiden die guten Geister zu erblicken, die sich nicht zusammen mit den anderen auf „dunkle" Pfade begeben hatten. Meine Mutter lud sie sogar beide zu einem gemeinsamen Urlaub auf den Balearen ein. Die Einladung lehnten sie natürlich nicht ab, und so machten wir uns – ich, meine Mutter, meine Halbschwerter, *die Tochter aus Mutters erster Ehe,* und diese beiden Herren – auf die Reise zu den Inseln, auf denen wir alle Leiden, die wir bisher ertragen mussten, vergessen wollten.

Um die Geschichte etwas interessanter zu machen, möchte ich verraten, dass Petr in meine Schwester verliebt war, die zu jener Zeit jedoch bereits mit einem sehr eifersüchtigen Mann verheiratet war, der zudem hier in der Tschechischen Republik geblieben war. Wir mussten seine Anwesenheit beim Urlaub also noch viele Jahre geheim halten, auch wenn ich nicht verstehe, warum. Aber ihr Mann, also mein Schwager, war wirklich ein Mensch, der zu allem fähig war.

Auf meinen Schwager kommen wir etwas später nochmal zurück. Er ist nämlich ein Mensch, der dank seiner krankhaften Eifersucht und seines impulsiven Temperaments zu Gewalt neigte. Und wenn ich alles aufschreiben sollte, was er in den Jahren angestellt hat, reichte dies für ein weiteres Buch, allerdings nur über ihn …

Kurz nach der Rückkehr vom gemeinsamen Urlaub trennte sich „Mannequin Vašek" von meiner Mutter. Als Grund führte er an, dass mein „Onkel" ihm gedroht und geraten hätte, dass er sämtlichen Kontakt zu unserer Familie abbrechen solle, da er sonst die von ihm bekleidete Position niederlegen würde. Wahrscheinlich fürchtete mein „Onkel", dass irgendwelche

Informationen über meinen Vater aus der Firma zu uns gelangen könnten, von denen wir bisher nichts wussten. Und seine Bedenken waren durchaus angebracht. Zum Beispiel erzählte uns Vašek, dass eines der amerikanischen Autos, das mein Vater am meisten mochte, von meinem Vater bereits völlig bezahlt worden war. Die restliche, auf diesem Fahrzeug lastende, Schuld betrug nur ein paar Tausend Kronen. Meiner Mutter hatte mein „Onkel" jedoch erzählt, dass auf dem Auto eine hohe Schuld lastete, und dass wir nicht genug Geld hätten, um sie abzuzahlen, weshalb wir das Fahrzeug lieber in der Firma belassen sollten.

Meine Mutter entschloss sich, mit dieser neuen Information zu meinem „Onkel" zu gehen und ihn um seine Einwilligung zu bitten, die auf dem Fahrzeug lastende Restschuld begleichen zu dürfen, sodass uns Vaters Lieblingsauto zur Verfügung stünde. Die Reaktion meines „Onkels" ließ sich zwar voraussehen, „verschlug" meiner Mutter aber auch so „den Atem" … „Onkel" Miroslav begann, meine Mutter hysterisch anzuschreien. Diese Schreierei hatte er bestimmt bei seiner früheren Funktion zu Zeiten des kommunistischen Regimes trainiert. Kurz und gut, das Auto verkaufte er uns natürlich nicht, weil es praktisch für Štěpán reserviert war, der es bis heute besitzt. Nach diesem Vorfall wurde Vašek mit sofortiger Wirkung gekündigt. Seit der Zeit haben wir ihn nicht mehr gesehen.

Also bisher hatten wir hier einen „bösen Sohn", der sich rächen wollte, da er in unserer Familie keine Basis hatte, und dann noch Vašek. Das Mannequin, das sich uns nähern konnte, was es allerdings seinen Platz kostete. Vašek verlor seine Arbeit, die er sehr mochte. Die Schuld dafür gab er meiner Mutter und verschwand aus unserem Blickfeld.

Meine Mutter wollte keine neue „Partie" mehr suchen. Aber Druck von Seiten ihrer Verwandten brachte einen weiteren „Partner" zu uns. Es war ein Koch, der im Hotel meines Vaters arbeitete. Er wurde sogar von allen Leuten in ihrer Umgebung, einschließlich der Schwester meiner Mutter, gelobt, und sie waren dafür, dass sie ihn kennenlernen sollte. Warum jedoch begann auf einmal nach all den Jahren ihre Schwester, sich für sie zu interessieren? Die Antwort ist meiner Meinung nach einfach – sie wollte nur ihr „schlechtes" Gewissen beruhigen, das sie angesichts dessen plagte, was sie vorher hinter ihrem Rücken angestellt hatte! Nichtsdestoweniger hielt diese Beziehung meiner Mutter mit dem Koch etwa zwei Jahre. Alle, bis auf meine Mutter, schienen glücklich damit zu sein. Die Beziehung war für sie nicht so harmonisch, wie es den Anschein hatte.

Der endlosen Suche nach dem "richtigen" Partner fürs Leben setzte erst ihre jetzige Beziehung ein Ende. Dieser Mann kommt aus Deutschland, und seine Leidenschaft ist Musik. Er hatte und, wie ich hoffe, hat meine Mutter immer noch wirklich gern, und ich hoffe, dass sie zusammen glücklich alt werden, auch wenn es zwischen ihnen, wie in den meisten Beziehungen, ab und an mal „knirscht".

Jetzt erzählt Ihnen die Hauptfigur, Tomáš, wie das mit ihm war, als all die oben beschriebenen Ereignisse durch sein Leben segelten...

Wie ich schon erwähnt habe, begann ich nach Abschluss der Grundschule, die Mittelschule in Cheb zu besuchen. Sie war auf Elektronik ausgerichtet. Dorthin zu gehen, war für mich jedoch ziemlich unangenehm. Es machte mir überhaupt keinen Spaß. Und der Hauptgrund dafür war, dass ich an dieser Schule nicht Englisch, sondern nur Deutsch lernen konnte. Das gehörte nicht zu meinen Lieblingsfächern, vor allem, weil man uns überall lehrte, dass alle Deutschen schlecht seien, da sie während des Zweiten Weltkriegs „Böses" begangen haben. Wegen dieser ihrer Taten aus der Vergangenheit werden wir nicht ihre Sprache lernen. Außerdem störte mich, dass ich an der Grundschule Englisch gelernt hatte, und es auf einmal nicht möglich war, an der Mittelschule damit weiterzumachen. Statt mein Englisch zu vervollkommnen, musste ich eine neue Fremdsprache lernen, und zwar ganz von Anfang an.

Jetzt weiß ich, dass es Teil eines göttlichen Plans war, und ich Deutsch einfach lernen sollte. In der Fortsetzung der Geschichte erfahren wir, warum.

Wegen dieser meiner sinnlosen Überzeugung wechselte ich am Ende die Schule. Die nächste Schule gleicher Ausrichtung gab es erst in Pilsen, wo meine Großeltern lebten – Oma und Opa – die Eltern meiner Mutter. Und die waren damit einverstanden, dass ich während der Zeit des Studiums bei ihnen in der Wohnung wohne.

Ich war sehr froh darüber, denn die Vorstellung, zusammen mit weiteren fremden Leuten in irgendeinem Internat wohnen zu müssen, war für mich damals ziemlich schrecklich. Während meiner Studienzeit wurden mein Cousin Jirka und ich sehr gute Freunde. Wahrscheinlich noch bessere Freunde als jemals zuvor. Jirka widmete sich dem Sport und studierte seinerzeit an der Hochschule. Ich mochte ihn damals sehr. Vielleicht deshalb, weil ich in Pilsen sonst fast niemanden kannte und vielleicht, weil auch er sich für mich interessierte. Für einige Zeit war er auch mein Vorbild …

Nach dem "Weggang" meines Vaters wusste ich nicht, wem ich vertrauen, mit wem ich spielen und mit wem ich leben sollte. Ich hatte eigentlich nur meine Mutter. Mein Cousin war zu der Zeit praktisch der einzige, mit dem ich mich befreunden konnte. Während meines Studiums an der Mittelschule besuchten wir einander häufig. Ich hatte wirklich niemanden und war daher froh, dass jemand „Interesse" an mir hatte. *Wenn ich damals gewusst hätte, dass der Mensch eigentlich nie allein ist, hätte ich mich vielleicht anders verhalten und so weiteres Leiden vermieden.*

Leider wurde mir langsam klar, dass es mit der Freundschaft mit meinem Cousin nicht so weit her war....Er tat mir viel Unrecht, weshalb ich allmählich begann, ihn zu ignorieren....

Ich fand zum Beispiel heraus, dass er mich nur dann einlud, wenn er sich langweilte oder gerade nicht in Gesellschaft irgeindeiner Frau war. Das Schlimmste daran war, dass ich, obwohl ich davon wusste, es mir nicht eingestehen wollte. War er doch mein Cousin, und war er doch der einzige Mensch, der nach dem Tode meines Vaters seine Freizeit mit mir verbrachte, zudem mit Aktivitäten, die mir Spaß machten und die ich gern hatte. Um es vorsichtig zu formulieren - er war so etwas wie ein Vorbild für mich …

Jirka jedoch tat mir Unrecht, was mit der Zeit immer schlimmer wurde. Hier nur ein Beispiel, das mir bis heute in Erinnerung geblieben ist… Eines Sommertages verabredete ich mich mit ihm und meinem Onkel, seinem Vater, zusammen im nahegelegenen Stausee baden zu gehen. Und zwar nach dem Mittagessen bzw. nach ihrem Mittagsschlaf, den sie seinerzeit sehr strikt einhielten. Jirka war Sportler, sie taten dies und vieles mehr, um in guter Kondition zu bleiben … Nun ja, und ich, der keine solche Erholungspausen einhielt, machte derweil einen Spaziergang zum nahegelegenen Teich und zurück. Kurz gesagt, ich hatte nichts Besseres zu tun. Ich spazierte hin und her, zum Teich und wieder zurück, und ich freute mich sehr darauf, dass wir alle zusammen losziehen. Nachdem ich etwa zwei Stunden herumgelaufen und zu ihrem Haus zurückgekehrt war, nahm ich an, dass sie schon ausgeschlafen waren. Auf einmal sah ich jedoch, wie ihr Auto zu ihrem Häuschen zurückkehrte. Ich ging zu ihnen. Schon von weitem bemerkte ich die über dem Geländer hängenden nassen Badehosen und Handtücher. Ich ging also zu ihnen und fragte Jirka, der auf der Treppe stand, ob wir denn endlich baden fahren könnten, worauf er mir antwortete, dass sie schon wieder zurück seien und nirgendwohin fahren würden. Begreiflicherweise fragte ich, warum sie nicht schlafen gegangen waren, wie er es mir gesagt hatte, und warum sie mich nicht zum Baden mitgenommen hatten. Sie antworteten mir, dass sie mich angeblich einfach nicht hätten finden können.

Jemand mag eine solche Situation für eine „Kleinigkeit" halten, aber sie traten damals häufiger und häufiger auf. Ich habe sie immer noch rege vor Augen. Mit seiner Lüge erteilte mir mein Cousin eine wichtige Lektion fürs Leben, die mich noch lange danach verfolgen sollte. *Heute verstehe ich, dass er dies wahrscheinlich aus Angst vor seinem neuen „Vater" getan hat, da auch für meinen Cousin die Zeit der Vergeltung für das „Verbergen" der Wahrheit bezüglich des aus der Firma meines Vaters gestohlenen Geldes begonnen hatte.*

Anschließend statteten wir einander noch für einige Zeit Besuche ab, da wir zusammen unter anderem auch Kraftsport, z. B. Gewichtheben, trieben. Mein Cousin ist wirklich gut darin. Anstelle eines Wohnzimmers hat er zu Hause einen Trainingsraum und ist ständig am Trainieren. Er nahm sogar an einer Weltmeisterschaft teil. Allerdings hörte ich mit der Zeit gänzlich auf, mich für Jirka zu interessieren, sodass ich nicht einmal weiß, ob und wo er jemals einen Platz belegte. *Jedenfalls bin ich ihm heute, da ich mich entschieden habe, mein Leben zu ändern, dankbar dafür, dass er mich im Leben ein Stück weitergebracht hat, und ich eine Erfahrung gemacht habe, die mich lehrte, nicht allen Leuten beim ersten Treffen zu vertrauen, auch wenn es vielleicht Verwandte sind.*

Während des Studiums erreichte ich auch die Volljährigkeit – ich wurde achtzehn Jahre alt. Erfolgreich bestand ich die Fahrschule und erhielt den ersehnten Führerschein. Mein Mutter kaufte mir mein erstes Auto – einen Trabant de luxe. Ich mochte dieses „unzerstörbare" Gefährt sehr und „tunte" und verschönte es jedes Wochenende. Genau so, wie es jeder junge Bursche tut, der alles liebt, was mit Autos zu tun hat. Und ich bekam nicht nur meine Fahrerlaubnis, sondern schloss auch erfolgreich mein Studium an der Mittelschule ab. Und, ich möchte es sagen, mit Auszeichnung. Endlich konnte ich arbeiten gehen und die bunten Papierchen verdienen, die wir Geld nennen.

Als aktives Mitglied der Firma habe ich diverse Berufszweige durchlaufen. Ich war Verkäufer von Elektromaterial, Elektriker, Wachdienstmitglied einer Bank und sogar Verkäufer von Räucherwaren. Aber irgendwie schien mir nicht eine der genannten Positionen ausreichend interessant zu sein. Weder bezüglich der Vergütung noch, was die intellektuelle Erfüllung angeht. So formte sich in mir die Meinung, dass ich wohl nicht dazu geschaffen bin, für irgendjemand anderes zu arbeiten oder gar mit meiner Arbeit zur Bereicherung anderer beizutragen. In diesem Fall blieb mir nichts anderes übrig, als mein eigener Chef zu werden. Und so begann ich, mich mit meinen neunzehn Jahren selbstständig zu machen. Ich eröffnete ein kleines Geschäft mit kynologischem Bedarf und Futter für die häuslichen Kuscheltiere. Mein ganzes Leben bin ich nämlich ein großer Hundeliebhaber. Deshalb schaffte ich mir seinerzeit auch den ersten Hund an – einen Dobermann. Während meiner Kindheit hatten wir in der Familie einen kleinen Dackel, den es aber hauptsächlich zu meinem Vater hinzog. Leider starb kurz nach dem Tod meines Vaters auch dieser kleine, langjährige Freund.

Mit meinem Dobermann wollte ich als Neunzehnjähriger die ganze Welt erobern. Wir fuhren zu Ausstellungen, auf denen ich mit meinem Hund sogar mehrere Preise gewann. Mein Geschäft lief ziemlich gut, aber leider geriet ich an einen schlechten Vermieter. Der sah, dass ich zufrieden bin, und dass mein Geschäft ein bisschen zu verdienen begann, sodass er sich entschloss, meine Miete zu erhöhen. Und dann wieder und wieder, und letztlich um so viel, dass mein Verdienst kaum reichte, um sie zu bezahlen. Also musste ich den Laden leider zumachen.

Außer Hunden liebte ich auch das Autofahren. Während des Betriebs meines Geschäfts legte ich erfolgreich weitere Fahrschulprüfungen ab und erhielt die Fahrerlaubnis für alle Fahrzeugtypen. Zuerst für Motorräder, dann für LKWs und zuletzt für meinen geliebten Bus. Und ich hatte gut daran getan, denn nachdem ich mein Geschäft zumachen musste, hatte ich keine Probleme, eine neue Arbeit zu finden.

Nachdem ich das genannte Unternehmen aufgegeben hatte, begann ich als mobiler Techniker für Spielautomaten zu arbeiten. Und ich kann Ihnen, liebe Leser, sagen, dass ich bei diesem Job Dinge gesehen habe, über die ich noch sehr lange staunen werde. Diese Arbeit führte zu einem für mich entscheidenden Augenblick, der mich im Gefühl bestätigte, dass der Tod meines Vaters kein Zufall war, sondern eine perfekt ausgeführte Straftat. Meine Chefs waren früher alle im Polizeidienst tätig, und es ist unglaublich, dass viele von ihnen heute in der Glücksspielbranche arbeiten. Aufgrund dieses Jobs stieß ich auf eine Person, die ebenfalls früher bei der Polizei war. Und, welch unglaublicher Zufall, bei der Verkehrspolizei in einer Abteilung, die Autounfälle untersuchte. Konnte dies wirklich Zufall sein?!

Heute weiß ich, dass es keine Zufälle gibt. Aber da ich im Innern weiterhin nach Antworten betreffend die Ereignisse um meinen Vater herum suchte, sandte Gott oder das Universum, wenn Sie so wollen, diese Person in mein Leben.

Bei unseren gemeinsamen Debatten kamen wir auch auf das Thema des Autounfalls meines Vaters zu sprechen. Ich meine den ersten Unfall, als mein Vater „nur" eine grebrochene Rippe davontrug und nach welchem man ihm den Führerschein entzog. Der ehemalige Polizist vertraute mir an, dass er sich bis heute an dieses Ereignis erinnert. Er war es nicht selbst, der in der Sache ermittelte, sondern sein Kollege am benachbarten Schreibtisch. Er gestand ein, dass der gesamte Unfall lange vorher geplant worden war, und als der Plan nicht aufging, wie man so sagt, wurde ihm wenigstens der Führerschein entzogen, damit man zwischenzeitlich an einem anderen Plan arbeiten konnte. Ich bat ihn, mir bei der Wiederaufnahme der Ermittlungen zum Mord an meinem Vater zu helfen. Und bei Gericht zu bezeugen, was er gehört hatte. Leider antwortete er mir, dass, wenn er dies täte, er nicht nur sein eigenes, sondern auch das Leben seiner Familienmitglieder gefährden würde. War doch die Polizei darin verstrickt und auch Leute aus „höheren Kreisen"….

Ich hatte also einen „Beweis", dass tatsächlich jemand meinen Vater „beseitigen" wollte, sodass sich der Verdacht erhärtete, der mich jahrelang nicht schlafen ließ. Mir spukten ständig die gleichen Fragen im Kopf herum – warum musste mein Vater sterben? Warum wird ein armer Mensch auf einmal aus heiterem Himmel Millionär? Warum stieg mein Vater an diesem Schicksalstag, an dem das Treffen geplant war, in ein anderes Auto um? Warum suchte mein Onkel so kurze Zeit nach dem Autounfall im Geschäft meiner Mutter nach meinem Vater? Diese und viele weitere Fragen ließen mir wirklich keine Ruhe.

Auch die Tatsachen, von denen ich bei Besuchen meines Cousins erfuhr, beruhigten mich nicht zu sehr. Mir begann klar zu werden, dass es doch kaum möglich war, dass ein seinerzeit armer Hochschulstudent und sein Vater (ich meine damit meinen richtigen Onkel) auf einmal, wie aus dem Nichts, über riesige finanzielle Mittel verfügten, die es ihnen ermöglichten, das alte Haus meines Onkels komplett zu rekonstruieren und gleich daneben ein völlig neues, riesiges Einfamilienhaus für meinen Cousin zu bauen. Auch war es nicht möglich, dass sie parallel zu einer derart kostspieligen Rekonstruktion bzw. einem Bau auch noch so teure Autos fuhren. Und auch nicht, dass mein sportlich ausgerichteter Cousin einfach mal so – ohne von irgendeinem Sportverein gesponsert zu werden – wegen seines Sports exotische und ferne Länder besucht. Kurz und gut, mir wurde klar, dass hier irgendetwas nicht stimmt. Ich wusste, dass der Vater meines Cousins, also mein richtiger Onkel, in leitender Position in einer ortsansässigen Fabrik arbeitete, wobei allerdings auch sein hohes Gehalt nicht gereicht haben dürfte, all diese Kosten abzudecken.

Trotzdem brachten mich diese Tatsachen noch nicht dazu, mich aktiver damit zu befassen. Ich lebte mein Leben weiter. Aber die ewige Angst und wahrscheinlich auch die unterdrückte Wut auf meine nähere Umgebung führten zu neuen und neuen traurigen Ereignissen in meinem Leben. *Nun erwähne ich absichtlich erneut das Gesetz der Anziehung, da ich mir hundertprozentig sicher bin, dass es sozusagen bei jedem Wetter funktioniert. Solange wir ständig meinen, dass uns etwas fehlt, gibt Gott oder, wenn Sie so wollen, das Universum uns dieses Gefühl auch in der realen Welt. Das passierte auch mir.* Ich war wütend und überlegte, wie ich mich für den Tod meines Vaters rächen könnte. Ich dachte so intensiv daran, dass das Gesetz der Anziehung weitere und weitere Probleme auf mich zu wälzen begann.

Nach dem Tod meines Vaters erhielt ich aus dem Erbschaftsverfahren etwas Geld. Es war nicht gerade viel, jedoch genug, um mir einen Geländewagen und ein kleineres Wochenendhaus anzuschaffen. *Also Dinge, die ich eigentlich gar nicht brauchte.* Es war auch gar nicht so angenehm, wie es im ersten Moment erscheinen mag. Beispielsweise der Geländewagen blieb nach einigen Kilometern stehen. Als Ursache gelang es mir, einen verdeckten Mangel am Getriebe ausfindig zu machen. Also entschloss ich mich, das Auto an den Gebrauchtwagenhändler zurückzugeben. Der Mangel war zugleich die Erklärung dafür, warum mir beim Kauf ein um die Hälfte niedrigerer Preis angeboten worden war. Der Inhaber des Gebrauchtwagenhandels schaffte es, mich zu überzeugen, dass der Preis nur aus diesem und jenem Grunde so niedrig war. Naiv, wie ich war, glaubte ich ihm die Geschichte und unterschrieb den Kaufvertrag. Damit hatte sich der Inhaber jedoch für den Fall abgesichert, dass ich ihm das Auto zurückbringe. Dem Versuch der Rückgabe stimmte er bereitwillig zu, allerdings zu dem auf dem Kaufvertrag angeführten Preis, nicht zu dem, den ich tatsächlich bezahlt hatte. Ich kann Ihnen sagen, dass ich in dem Moment Lust verspürte, ihm „eine zu verpassen". Leider setzte ich dies nicht in die Tat um. Das Auto wollte ich bei einem anderen Gebrauchtwagenhändler verkaufen. Dort erfuhr ich aber eine weitere unangenehme Sache. Man sagte mir, man könne das Auto nicht kaufen, weil bei einer Kontrolle festgestellt wurde, dass es in der Vergangenheit von einer Versicherung als Totalschaden abgeschrieben worden war. In der Praxis bedeute dies, dass sich das Auto trotz der vom letzten Besitzer vrogenommenen Reparaturen weder kaskoversichern noch einem anderen Kunden auf Ratenzahlung verkaufen lässt. Ein solches Fahrzeug ist für einen Autohandel natürlich ziemlich nutzlos.

Auch bezüglich meines Wochenendhauses war es nicht einfach. Ich begann mit einer umfassenden Rekonstruktion, aber es war so viel zu tun, dass das Geld auf meinem Konto rapide weniger wurde... Aber auch schöne Momente erlebte ich am Wochenendhaus, beispielsweise mit meinem Dobermann Bruce. Aber die Zeit verging und ich, „nach außen hin" ein zufriedener Bursche, musste einen schweren und schmerzhaften Schlag von Gott hinnehmen, als mir der Tod meinen geliebten Bruce nahm. Er wurde von einem Auto überfahren.

Es passierte an einem Abend, als ich, wie üblich, mit ihm auf ein an die Stadt grenzendes Feld fuhr, damit er ordentlich Bewegung bekam. Bruce war ein einigermaßen gehorsamer Hund. Aber als er am Horizont ein Rudel junger Hasen entdeckte, war es vorbei mit dem Gehorsam. Ich rief ihn, suchte ihn überall, aber vergebens. Als es völlig dunkel war, kehrte ich nach Hause zurück. Vor Hoffnungslosigkeit und Angst um meinen Hund fand ich keinen Schlaf. Aber im Dunkeln war alle Suche nutzlos....Sobald die Sonne aufging, machte ich mich wieder auf die Suche nach Bruce. Und nach etwa einstündiger Suche bestätigte sich meine Befürchtung – ich fand Bruce an einer Straße im Straßengraben ohne irgendwelche Lebenszeichen. Es war schrecklich, mein Hund war tot, und ich konnte nichts zu seiner Rettung tun.... Ich verfluchte Gott, ich verfluchte den Menschen, der ihm das angetan hatte, aber natürlich half alles nichts. Bruce würde mir niemand mehr wiederbringen ...

In einer Flut von Tränen trug ich ihn zum Auto und fuhr ins Dorf zurück, wo mein Wochenendhaus stand. Bruce gefiel es dort wirklich sehr. Am liebsten rannte er im nahen Wald hinter dem Haus umher, und dort beerdigte ich ihn auch. Es war wirklich niederschmetternd für mich. Er war nicht nur ein vierbeiniges Kuscheltier, sondern vor allem mein Freund... Wieder verfluchte ich Gott, der mir meinen Vater, meinen

Großvater, und jetzt auch noch meinen besten Freund genommen hatte! *Leider weiß ich erst jetzt, dass weder Gott noch irgendjemand anderes für den Tod von Bruce kann. Der einzige, dem ich die Schuld hätte geben sollen, war ich selbst. Gott zeigte sich nämlich sehr großzügig und gab mir, woran ich ständig angestrengt dachte. Meine Gedanken waren nämlich ständig von Angst und Wut beherrscht. Damals hatte ich keine Ahnung, wie das Gesetz der Anziehung funktioniert, und dass es wirklich perfekt funktioniert. Ich wusste nicht, dass ich alles, woran ich dachte, bekomme. Wenn ich es gewusst hätte, hätte ich meine Gedanken nur auf positive Dinge ausgerichtet, auch wenn ich weiß, dass sich dies in vielen Situationen (z. B. in dieser) nur sehr schwierig anwenden ließ.*

Da ich immer noch wütend auf die ganze Welt war, und das Gesetz der Anziehung weiterhin galt, waren auch spätere Ereignisse sehr stressig für mich. Um es etwas abzukürzen – kurz nach Bruce starb meine Großmutter (die Mutter meiner Mutter). Sie starb an Krebs, der derart schnell fortschritt, dass sie innerhalb von 14 Tagen nach der Diagnose tot war. Von meinen Großeltern mütterlicherseits lebte also nur noch mein Opa. Ich wohnte später noch für einige Zeit mit ihm allein in Pilsen.

Zu dieser Zeit tauchte auch meine Tante wieder auf. Sie war ein geldgieriger und gewissenloser Mensch, der jedoch immer zur richtigen Zeit am richtigen Ort zu sein in der Lage war! Auf der Beerdigung meiner Großmutter bzw. ihrer Mutter hielt sie nämlich eine sehr gründlich vorbereitete Rede bezüglich dessen, wie traurig sie sei, dass ihre Mutter gestorben ist. Sie vergaß auch nicht hinzuzufügen, dass sie, und sie allein, ihr zum Glück in den letzten Momenten ihres Lebens zur Seite gestanden, und ihr damit zumindest den Abgang aus dieser Welt erleichtert hatte. Dabei war es in Wahrheit völlig anders. Viele Leute waren von diesem herzzerreißenden Vortrag schockiert, da die meisten von ihnen sehr gut wussten, wie es in Wirklichkeit gewesen war.

Nach der Beerdigung begann sich erneut alles zu ändern und die Ereignisse schnell an Fahrt aufzunehmen. Mein Cousin hörte auf, sich für mich zu interessieren und mich zum gemeinsamen Training zu sich nach Hause einzuladen. Dafür begann meine Tante, sich intensiv für das Wohlergehen meines Großvaters zu interessieren. Was auch nicht verwundert, sollte doch auf Omas Beerdigung das Erbschaftsverfahren folgen... Sie und Opa besaßen nämlich mehrere Immobilien.

Das Erbschaftsverfahren ging folgendermaßen aus – das Wochenendhaus in unserem Lieblingsdorf fiel nach Einigung mit meinem Großvater je zur Hälfte meiner Mutter und meiner Tante zu. Die überschrieb ihre Hälfte direkt an ihren Sohn, meinen Cousin, und kam schnell mit dem Angebot, die andere Hälfte sofort für Bargeld abzukaufen. Da wir seinerzeit Geld benötigten, willigte meine Mutter ein. Zudem war die Vorstellung, eine Immobilie mit einem Menschen wie meiner Tante zu teilen, ziemlich unerträglich. Des Weiteren sollte die Wohnung in Pilsen, in der ich mit ihnen wohnte, aufgeteilt werden. Die behielt mein Großvater, wobei er sie einmal seinen Enkeln, also mir und meinem Cousin, überlassen würde. Und dies, obgleich meine Großmutter kurz vor ihrem Tod erklärte, dass sie sich wünschte, dass ich die Wohnung bekäme, da mein Cousin ja schon sein Haus hätte, und ich so auch einen Platz zum Wohnen hätte. Ich ließ es aber dabei, da mir die Entscheidung meines Großvaters, der in der Wohnung nur in Ruhe alt werden wollte, gerecht vorkam.

Mein Opa war sein ganzes Leben lang gewissenhaft und gab sehr auf sich Acht. Er hatte ständig das Gefühl, Gefahren ausgesetzt zu sein, die seine Gesundheit gefährden. Wenn ich zum Beispiel zur Arbeit ging und er allein zu Hause blieb, hatte er das Gefühl, dass, sollte ihm irgendetwas Unerwartetes zustoßen, ihm in diesem Moment niemand helfen und einen

Arzt rufen könnte. Und so stimmte meine Mutter damals, um seine Seele zu beruhigen, zu, zu ihm zu ziehen, damit er sich nicht so allein fühlt. Ungeachtet dessen, dass meine Tante geäußert hatte, dass, wenn sie sich um ihre Mutter kümmert, könne meine Mutter sich ruhig um ihren Vater kümmern.

Was bedeutete, das Geschäft in Mariánské Lázně, das zu der Zeit bereits nicht mehr so gut lief, zuzumachen, nach Pilsen umzuziehen und dort irgendeine Arbeit zu finden. Die Wohnung in Mariánské Lázně hatte meine Mutter zusammen mit ihrem deutschen Freund gemietet, traf sich dort mit ihm aber nur an den Wochenenden.

In Pilsen fand sie Arbeit als Briefträgerin. Ein paar Jahre „funktionierte" alles einigermaßen. D. h., bis auf meine Tante, die immer unterträglicher wurde, besonders, als sie herausfand, dass ich mich mehr und mehr für den Tod meines Vaters interessierte. Vor meinen Augen tauchten neue und neue Fragen auf (einige habe ich schon weiter oben beschrieben). Und wieder war ich sehr wütend, dass ich meinem Großvater meine Theorie zum Tod meines Vaters anvertraut hatte. Mein Opa belächelte mich nur, da seine Tocher Jolana selbstverständlich eine „Heilige" für ihn war. Und zudem mochten weder mein Großvater noch meine Großmutter meinen Vater allzu sehr.

Ich begann, meine Tante stärker und stärker zu hassen. Und ich war immer stärker überzeugt davon, dass sie und ihr Mann zusammen mit Štěpán auf irgendeine Weise in den tragischen Unfall, der meinen Vater und seinen Freund das Leben gekostet hatte, verwickelt waren.

Meine Tante hegte mir gegenüber sicherlich ähnliche Hassgefühle und konnte den Gedanken nicht ertragen, dass ich irgendwann zusammen mit ihrem Sohn die Wohnung erben könnte, und dass es mit mir wohl nicht so leicht sein würde, unabhängig davon, ob sie die Wohnung für sich selbst kaufen oder mich auf irgendeine andere Art aus der Wohnung rauskriegen wollten. Sie klebt nämlich an allen Sachen, an die sie irgendwelche familiären Erinnerungen knüpft, und sie möchte sie um jeden Preis besitzen. Wahrscheinlich glaubt sie, dass der Besitz von „Familiensachen" ihr die Liebe zu ihrer Familie ersetzt.

Bis heute weiß ich nicht, auf welche Weise sie meinen Opa überzeugte, sicher ist nur, dass sie sich auf einmal sehr für die Gesundheit ihres Vaters zu interessieren begann. Sie zeigte außerordentliches Interesse und Fürsorglichkeit. Plötzlich begann sie, ihn auf Wochenausflüge in sein einstiges Wochenendhaus mitzunehmen, um ihm zu zeigen, was sie dort alles rekonstruiert hatte und dergleichen. *Und, nur damit Sie es wissen, eine weitere verblüffende Tatsache ist, dass meine Tante, obgleich schon mehrere Jahre beim Arbeitsamt gemeldet, trotzdem ausreichende Finanzen für all die Renovierungsarbeiten hatte...*

Kurzum, dieses Interesse währte nicht allzu lange. Praktisch nur bis zum Moment, als sie Großvater von ihrer Wahrheit überzeugen konnte. Dass sie an ihre Enkel denkt, vor allem an ihren Sohn, der zu dem Zeitpunkt bereits mit seiner Freundin ein Baby erwartete. Sie dachte bereits daran, dass dieses Baby, wenn es erwachsen ist, einen Platz zum Wohnen haben würde. Großvater schwieg uns gegenüber und äußerte sich irgendwie nicht dazu. Die Wochenendausflüge meines Großvaters und seiner Tochter dehnten sich aus, manchmal auch auf mehrere Tage in der Woche. Nach einigen Tagen legte mein Großvater mir einen bereits notariell beglaubigten Vertrag zur Unterschrift vor. Er betraf die Aufteilung des Vermögens, das offiziell noch ihm gehörte. Die Wohnung überließ er seiner Tochter Jolana, mir den Garten in Kbelany. Nur so am Rande, dieser Garten hatte vielleicht drei Prozent des Marktwertes der Wohnung. Mein Großvater hielt diese Aufteilung für gerecht. Auch als wir ihm sagten, dass die Prager Wohnung Millionen wert sei, lachte er nur darüber. Wie wären wir denn auf einen so lächerlichen Preis gekommen? Außerdem, fügte er hinzu, denke er an seine Urenkel. Und was war mit mir? Ich hatte meinem Großvater nach wohl keinen Anspruch auf ein Kind? Offensichtlich war er einfach seinem Töchterchen Jolanka „auf den Leim gegangen". Meine Mutter war damals deswegen völlig außer sich, da sie, um sich um ihn kümmern zu können, ihr Geschäft aufgegeben und eine Sklavenarbeit angenommen hatte, die täglich 12 Stunden in Anspruch nahm. Sie arbeitete für einen Mindestlohn, und dazu kochte sie noch, wusch die Wäsche…und er verhielt sich so zu uns. Man könnte wirklich sagen, dass mein Großvater seine erstgeborene Tochter enterbt hat. Tante Jolana war sich ihrer Tat sehr wohl bewusst und wagte nicht mehr, uns zu besuchen. Das alles war für mich jedoch der letzte Tropfen, der das Fass des Hasses zum Überlaufen brachte. Und zwar auch gegenüber meinem Großvater, der nur an seinen einen Enkel und die Zukunft seiner Kinder dachte, und der mich auslachte und behauptete, ich sei verrückt darauf zu beharren, dass der Unfall meines ohnehin seltsamen Vaters kein normaler Unfall gewesen sei. In dem Moment wünschte ich mir sehnlichst, dass mein Großvater probieren würde, wie es wäre, sich von seiner Tochter Jolana, und nicht von der anderen Tochter, pflegen zu lassen.

Wie dem auch sei, meine Tante kam mit dem „freundlichen" Angebot, dass meine Mutter auch weiterhin in ihrer Wohnung mit Großvater wohnen könne. Sie dachte, dass wohl nichts passieren würde, aber ganz im Gegenteil – vor allem in meinem Inneren passierte so einiges. Ich konnte nämlich nicht über das Gefühl hinwegkommen, dass meine Mutter bloß so etwas wie ihr Sklave ist, der ihrem Vater dient, sodass sie sich um das übrige Vermögen kümmern kann. Meiner Tante passte dieser Zustand perfekt in den Kram. Nach Übertragung der Wohnung hatte sie nämlich plötzlich für Großvater keine Zeit mehr (*hat doch ein arbeitsloser Mensch so viel zu tun*). Auch ihre gemeinsamen Ausflüge zu Großvaters geliebtem Wochenendhaus fanden ein Ende.

Der letzte Schlag, den mir Tante Jolana verpasste, war mein amtlich bestätigter Rauswurf aus ihrer Wohnung. Was sie als Besitzerin ohne mein Wissen tun durfte. Ich musste im Rathaus erscheinen und eine Erklärung zu den von ihr angeführten Gründen abgeben. Aber noch bevor ich dort hinging, meldete ich meinen Wohnsitz dort ab. Ich las mir ihre Begründung durch und gab dem Amt meine Erklärung ab. Der dortige Beamte versprach mir, sie meiner Tante zu übergeben. Ich weiß nicht, ob er dies tat, aber nachdem er einige Zeilen gelesen hatte, sagte er, dass Personen wie meine Tante überhaupt keine Immobilien besitzen sollten. Das Kapitel schloss ich ab, indem meine Mutter und ich noch am Tag der Abgabe der Erklärung im Rathaus zurück in unsere Wohnung nach Mariánské Lázně zogen. Für meinen Großvater bedeutete dies, allein in der Wohnung zurückzubleiben.

Was die Arbeit meiner Mutter angeht, habe ich das auch ein für alle Mal erledigt. Bis zur Frührente fehlten ihr nur noch ein paar Monate. Meine Mutter wollte noch nicht in Rente gehen, weil sie Angst hatte, dass ihre Rente sehr niedrig ausfallen würde. Also machte ich mich zur Rentenversichungsanstalt nach Prag auf, wo man ihr einen Rentenbetrag berechnete, mit dem sie zufrieden war. Den Rest des Monats hatte sie Urlaub. Zur Arbeit kehrte sie also nicht mehr zurück. Es ist ungerecht, dass meine Tante praktisch ab Einstellung des Betriebs der Firma meines Vaters beim Arbeitsamt als arbeitslos gemeldet war. Um Arbeit bemühte sie sich natürlich nicht, brauchte sie ja auch nicht. Wozu auch, wenn sie mit einem mehr als sechsstelligen Betrag zurechtkam. Dann braucht man sich morgens keinen Kopf ums Aufstehen zu machen und sich schon gar nicht um die rechtzeitige Bezahlung irgendwelcher Rechnungen zu kümmern…

Eine Zeit lang lebten wir denn getrennt von meinem Großvater. Jedoch nur bis zum Zeitpunkt, als meine Tante mit einer weiteren Rekonstruktion begann. Diesmal stand die Wohnung ihres Vaters auf der Liste. Sie behauptete, sich mit Arbeit beruhigen zu müssen, da sie sich zu der Zeit von meinem zweiten „Onkel" Miroslav scheiden ließ. Besser gesagt, ließ er sich von ihr scheiden, da er eine neue Liebe gefunden hatte. Wahrscheinlich schämte sie sich so sehr für ihn, dass sie sich nach der Scheidung entschloss, wieder den Namen ihres ersten Mannes anzunehmen. Und sie begann sogar wieder zu arbeiten. Begreiflicherweise war dies nicht irgendein Job, sondern eine Arbeit, auf die manche Leute viele Jahre warten, jahrelange Praxis hinter sich haben, und trotzdem keine Garantie haben, irgendwann mal so einen „Posten" zu bekommen. Ich spreche hier von der obersten Beamtin einer staatlichen Behörde. Eine sehr gute Position für jemanden, der jahrelang beim Arbeitsamt als Arbeitssuchender geführt wurde. Aber um ihr nicht gar zu viel Unrecht anzutun, vor dem Antritt musste sie einen Englisch-Crashkurs absolvieren.

Aus unbestätigten Quellen wusste ich, dass sie die Stelle aufgrund eines sehr großzügigen Geldgeschenks an den Wahlgewinner einer Partei bekam.

Und zu dieser Zeit, als sie sehr beschäftigt und den ganzen Tag bei der Arbeit war, musste wieder meine Mutter einspringen, um meinen Großvater zu pflegen. Sie war doch Rentnerin und hatte eine Menge Zeit, nicht wahr?

Jedenfalls lieferte meine Tante meinen Großvater und seinen Koffer bei meiner Mutter mit den Worten ab, dass er jetzt nicht in der Wohnung bleiben könne, weil das Bad rekonstruiert würde und sie den ganzen Tag bei der Arbeit sei. Von da an haben wir, zumindest für einige Jahre, nichts mehr von ihr gehört.

Ich sammelte in der Zwischenzeit alle möglichen Beweise dafür, dass der Unfall meines Vaters kein solcher war, sondern dass er tatsächlich ermordet wurde – und zwar von den oben genannten Leuten. Ich schrieb auch mehrmals an die oberste Staatsanwaltschaft, die sich unabhängig mit dieser Angelegenheit befassen sollte. Aber immer erhielt ich ablehnende Antworten, jedes Mal mit einer anderen Ausrede. Es war jedoch schon anhand des Unfallprotokolls erkennbar, dass in die Sache, zusammen mit den oben genannten Leuten, auch Polizisten verstrickt waren. Nach all den erfolglosen Versuchen entschied ich mich, ein „schwereres Kaliber" aufzufahren, und zwar die Medien. Ich kontaktierte einen Fernsehsender, der von einem so weitreichenden Fall begeistert war und eine Reporterin schickte, die alles aufzeichnen sollte. Es sah alles ziemlich vielversprechend aus, allerdings war es sehr schwierig, sog. direkte Beweise zu beschaffen. Beispielsweise riet mir die Reporterin, das Unfallprotokoll direkt auf der Polizeiwache einzusehen, wo das Dokument aufbewahrt wurde, welches viel mehr Informationen enthalten sollte als die Kopie der Unfallmeldung, die mir zur Verfügung stand. Auf der Polizeiwache sagte man mir, dass mir ohne gerichtliche Erlaubnis kein Beamter erlauben könne, die Akte einzusehen. Ich wollte alle Ermittlungen kennen. Daher konsultierte ich einen Anwalt. Der sagte mir, dass ich, sofern ich eine nahestehende Person bin, keine solche gerichtliche Erlaubnis benötigen würde. Leider hatte ich auch damit keinen Erfolg bei der Polizei. Erst nach der Ankündigung, mit einem Fernsehstab anzurücken, teilte man mir mit, dass ich die Akte einsehen könne, ich jedoch etwa vierzehn Tage werde warten müssen, da eine Einsichtnahme per Computer nicht möglich sei, und man die Akte erst im Archiv suchen müsse. Mehrere Tage vor dem vereinbarten Treffen erhielt ich von der zuständigen Abteilung der Polizei einen Brief, in dem stand, dass die Akte leider vor mehreren Jahren im Reißwolf gelandet und unser Treffen damit gegenstandslos wäre. Wie es wirklich war, können wir nur vermuten.

Nur konnte das Fernsehen ohne diese Akte nicht weiterdrehen, weil sie ein entscheidender Beweis war, auf dessen Grundlage die Reporter dann die ganze Geschichte aufbauen konnten. Ohne Beweise war dies leider nicht möglich. Und so haben wir anstelle von Beweisen bloß eine Reihe von ungeklärten Fragen und eine Menge indirekter Beweise: zum Beispiel über Štěpán. Sie waren allerdings ohne das oben genannte Material praktisch nutzlos. So mussten wir denn unsere erfolglosen Bemühungen zur Wahrheitsfindung einstellen.

Nach einigen weiteren Jahren stieß ich an meiner nächsten Arbeitsstelle wieder auf einen ehemaligen Polizisten. Es sollte wohl das letzte zufällige Treffen mit einem Polizisten sein, der etwas über den schicksalhaften Unfall wusste. Oder doch nicht?

Durch sein Mitwirken fand ich endlich die Bestätigung dafür, dass tatsächlich Štěpán das Verbrechen begangen hatte. Beispielsweise erfuhr ich, dass der Polizist, der unser Treffen mit dem Drehstab des Fernsehens absagte, derselbe war, der damals den Unfall meines Vaters untersucht hatte. Der ehemalige Polizist sagte mir außerdem, dass er sehr gut weiß, dass das Auto meines Vaters ein Problem mit den Bremsen hatte, und dass Štěpán, den ich die gesamte Zeit über verdächtige, den ganzen Unfall „eingefädelt" zu haben, unter dem Schutz irgendeiner Person aus den höheren Etagen der politischen Szene steht. D. h., dass jemand Einflussreiches die von ihm hinterlassenen Spuren „verwischt".

Deshalb empfahl mir dieser Mensch, zum eigenen Wohlergehen lieber sofort sämtliche Nachforschungen und alles „Herumstochern" in diesem Fall sein zu lassen, da sonst auch mir etwas Unschönes zustoßen könnte. Er versicherte mir, dass die genannte Person schon seit vielen Jahren im Visir der Polizei stehe, und sich bereits die „Wolken" über ihm „zusammenzögen", da man über alle Straftaten Bescheid wisse. Man warte nur auf den passenden Moment, Gerechtigkeit walten zu lassen. Er wünschte mir viel Glück im Leben. Seit der Zeit habe ich ihn nicht mehr gesehen.

Wenn ich heute meine Geschichte erzähle, wird mir klar, dass es wieder kein Zufall war und Gott mir diesen Menschen absichtlich in den Weg stellte, weil ich mir wünschte, Antworten auf alle meine Fragen zu bekommen. Dieser Mensch war ein „göttlicher Eingriff" in mein Leben. Ein Eingriff, der auch meine weiteren Nachforschungen zum Stehen brachte. Es war so, dass aus Wut und aus Ärger über alle Leute, die am Tod meines Vaters beteiligt waren, sich mein Interesse an den Nachforschungen in Rachegelüste verwandelte…. Ein weiteres schlimmes Gefühl, dass einen Menschen meist direkt ins Verderben treibt. Ich dachte so intensiv an Rache, dass ich schon Möglichkeiten in Betracht zog, die nichts mehr mit normaler Gerechtigkeit zu tun hatten. Gemäß dem „Grundsatz" Auge um Auge, Zahn um Zahn, wollte ich eine genauso schwere Tat begehen, wie sie an meinem Vater begangen worden war. Gott sei Dank, dass er mich diesen ehemaligen Polizisten treffen ließ, und dass er mich überzeugte, meine Bemühungen aufzugeben, Beweise für ein vorsätzliches Verbrechen zu finden und mich zu rächen. Ich verfügte jetzt über Informationen, die mich etwas beruhigten, da ich bereits Antworten auf meine Fragen erhalten hatte. Die Antworten waren nur für mich allein, veröffentlicht habe ich sie nicht. Manch einer mag sich jetzt denken, dass sich alles nur in meinem Kopf abspielte und der Unfall wirklich nur ein Unfall war. Das ist auch relativ logisch, weil es immer auf den Blickwinkel ankommt. Die gleiche Sache kann man auf verschiedene Weise wahrnehmen. Zudem waren seit dem Tod meines Vaters schon zwanzig Jahre vergangen, und in Tschechien gibt es ein Gesetz, laut dem nach dieser Frist alles verjährt, auch Morde. Energie zu verschwenden, um eine Straftat zu beweisen, hätte also keinen Sinn.

Schöner Anfang

Jetzt gehen wir zu einem wesentlich angenehmeren Teil der Geschichte über, und zwar mein Privatleben betreffend. Ich kann ruhigen Gewissens sagen, dass ich nach dem Besuch des Polizisten und nach Abwägen der Informationen, die ich von ihm erhalten hatte, wirklich in gewissem Maße erleichtert war. Ich begann endlich, mich für mein eigenes Leben zu interessieren.

Ab meinem 15. Lebensjahr begann ich mir tief in meiner Seele zu wünschen, eine liebe und schöne Frau, und mit ihr schöne und gesunde Kinder, zu haben. Dieser Wunsch ist wohl relativ normal, und viele Menschen auf er Welt hegen ihn. Ich jedoch verwehrte mir diesen Wunsch einfach dadurch, dass ich mir unattraktiv und uninteressant vorkam. Auch das Gerede und der Spott in meiner Umgebung, vor allem auf mein Gewicht und mein Verhalten gerichtet, machten die Situation nicht besser. Immer, wenn ich mich „verliebte", hielt die Beziehung wegen meiner Selbstunterschätzung nur kurze Zeit, was mich wieder und wieder in den Abgrund trieb.

Nach dem Studium, und nachdem ich meine unternehmerischen Aktivitäten aufgegeben hatte, begann ich als Busfahrer in einer ortsansässigen Transportfirma. Das war ganz gut, weil ich auch Busse sehr gern mag, und zwar schon von kleinauf, als ich mir beim Radfahren vorstellte, wie ich an den Haltestellen stoppe und die Leute in meinen Bus steigen usw. Wieder ein Beweis, dass Gott (das Universum) mir die Erfüllung eines ersehnten Wunsches ermöglichte.

Wie schon gesagt, mit dem Busfahren war ich einigermaßen zufrieden, bis auf die Vergütung, die man für diese Arbeit bekommt. Aber auf die Finanzen kommen wir noch später in meiner Geschichte zu sprechen. Bleiben wir bei einer der schönsten Zeitabschnitte meines Lebens.

Bei meiner Arbeit als Busfahrer lernte ich viele Leute kennen. Leute, die ich für klug hielt und Leute, die für mich absolute Dummköpfe waren. Aber auch Leute, zu denen ich eine besondere Beziehung entwickelte. Wenn ich diese Beziehung beschreiben sollte, würde ich einfach sagen, dass es Leute waren, bei denen ich unbewusst erkannte, dass sie mich zu ihrer Weiterentwicklung brauchten, und ich wiederum sie. Konkret waren dies vor allem zwei meiner Fahrerkollegen. Einer spielte zwar in meinem Leben nur eine kleine Rolle, er erinnerte mich nämlich daran, wie wichtig der aktuelle Moment ist, und wie wichtig es ist, nicht ständig nur in die Vergangenheit zurückzublicken.

Ich hatte ständig den Unfall meines Vaters im Kopf. Mein Kollege half mir, einige den Unfall betreffende Details aufzuklären. Er stand nämlich zufällig in der Autokolonne, die sich bei diesem tragischen Ereignis gebildet hatte. Ich habe ihn schon erwähnt. Zum Beispiel sagte er mir, dass es an jenem Tag schrecklich heiß und sonnig war. Dabei stand im Protokoll der Polizei, dass es zum Zeitpunkt des Unfalls regnete und das Auto meines Vaters wahrscheinlich ins Schleudern gekommen war. Ich weiß nicht, ob ich diesem Treffen größere Bedeutung hätte beimessen, und nicht alles bloß für einen Zufall halten sollen. Zu der Zeit war ich jedoch entschlossen, mich nicht weiter mit dem Fall auseinanderzusetzen, und so betrachtete ich das Gespräch mit dem Kollegen eher als ergänzende Information.

Die andere Person hatte in meinem Leben vielleicht eine größere Bedeutung. Dazu aber später mehr. Jetzt möchte ich vor allem über den Tag sprechen, ab dem sich mein Denken und mein Fühlen langsam zu verändern begannen und endlich die richtige Richtung einschlugen…

Als Fahrer war ich auf allen möglichen Linien tätig. Kurzum, meine Vorgesetzten schickten mich überall dorthin, wo es nötig war. Einige Zeit vertrat ich einen anderen Kollegen, der aufgrund längerer Krankheit nicht auf „seiner" Linie fahren konnte, und ich sie bis auf Widerruf übernehmen sollte. Es handelte sich um eine Linie in Richtung Domažlice. Ich war Fahrer eines „Schleichers", was bedeutet, dass ich buchstäblich jede Haltestelle in jedem Dorf und in jeder Stadt entlang der Trasse „leerfegte". Meine Fahrgäste waren hauptsächlich Studenten, die ich morgens zu ihrer Grund-, Mittel- oder Hochschule in die Stadt fuhr. In einem der größeren Ortschaften konnte ich nicht umhin, eine „Schülerin" zu bemerken, die mit ihrem Lächeln in der Lage war, ein irgendwo in meinen Gedanken verblassendes Licht zum Leuchten zu bringen.

Um ehrlich zu sein, war ich natürlich nach meinen unguten Erfahrungen ein ziemlich mürrischer Mensch. Ich war ständig schlecht gelaunt, und meine Gedanken waren tendenziell immer auf Unangenehmes und Negatives gerichtet. Kurzum, da ich mich ständig mit meinen Problemen auseinandersetzen musste, hatte ich die Lust am Leben verloren. Das änderte sich, zumindest einen Augenblick lang, mit eben diesem Mädchen.

Einige Zeit lächelten wir uns beim Einsteigen nur zu. So war es auch beim Fahrkartenkaufen. Ich hatte nicht die leiseste Ahnung, wie ich sie ansprechen sollte, oder ob ich ihr überhaupt mein Interesse zu verstehen geben sollte. Nach einiger Zeit entschloss ich mich, ihr Lächeln zu erwidern, das ich im Rückspiegel sah. Als dann später Lächeln und höfliche Grüße unsere, ich traue es mir zu sagen, Vorliebe füreinander krönten, entschloss ich mich endlich zu einem weiteren Schritt – sie auf ein Rendezvous einzuladen. Ich bereitete mich sorgfältig darauf vor. Vor Ankunft an der Haltestelle schrieb ich meine Telefonnummer auf die Rückseite einer Fahrkarte, die ich ihr dann übergab. Nun, ich kann Ihnen sagen, dass mein Herz wie verrückt klopfte und ich vor Scham tiefrot anlief. Trotzdem übergab ich meinem Traummädchen die Fahrkarte. Dann blieb mir nichts übrig, als zu warten, was weiter passieren würde. Die weiteren Ereignisse begannen sich, entgegen meinem Erwarten, schneller und positiver abzuspielen, als ich es mir in dem Moment hätte vorstellen können. Noch bevor ich meine Fahrgäste zur Endstation gebracht hatte, „landete" eine mit Týnka unterschriebene Textnachricht mit einer Einladung zum Kaffee auf meinem Handy. Anfangs konnte ich es gar nicht glauben. Jemand hatte wohl die Nummern verwechselt, dachte ich mir. Aber ein Blick in den Rückspiegel bestätigte mir, dass die SMS von ihr stammte. Ich erblickte dort nämlich meine lächelnde Prinzessin gerade in dem Moment, als sie ihr Telefon in die Tasche steckte und das, was sie mir geschrieben hatte, mit einem Zwinkern ihrer wunderschönen Augen bestätigte. Das war für mich ein unvergessliches Erlebnis, an das ich bis heute sehr gern zurückdenke.

Wir trafen uns an jenem Tag zwar nicht zum Kaffee, sondern schrieben einander wohl Millionen Textnachrichten, an denen sicher auch unsere Telefondienstanbieter ihre Freude hatten. Nach etwa einer Woche ständigen Schreibens überfielen mich wieder unerwünschte Gedanken. Anstatt mich zu freuen und dankbar zu sein, wie sich die Situation mit meinem erträumten Mädchen entwickelt, begann ich darüber nachzudenken, wie gerade ich mit meiner „Übergröße" ihr gefallen konnte. Auch fiel mir ein, dass dieses Mädchen letztlich ganz anders sein konnte, als ich sie mir in meinen Träumen vorstellte. Von negativen Gedanken geleitet, begann ich mir auch einzubilden, dass sie sich über meine Gefühle nur lustig macht und alles nur als Spaß versteht. Diese und viele weitere unsinnigen und nichts Gutes verheißenden Gefühle beschäftigten mich so ziemlich den ganzen Tag, sodass ich fast nichts anderes im Kopf hatte.

Zum Glück war mein Interesse und meine Sehnsucht, dieses einzigartige Mädchen kennenzulernen und ihr Interesse zu wecken, wesentlich stärker. Meine Bedenken waren am Ende völlig unbegründet.

Unser erstes gemeinsames Treffen hatten wir für einen Samstag im Frühling geplant. Es war ein herrlich sonniger Tag, und ich freute mich so sehr, dass ich ständig auf den Wecker schaute, um mich zu vergewissern, dass er morgens nicht etwa streiken, und ich deswegen den wichtigsten Augenblick meines Lebens verpassen würde.

Der Wecker klingelte letztlich, obwohl es gar nicht nötig war. Schon eine Stunde vorher war ich im Bad und versuchte, mich auf alle möglichen Arten „zu verschönern". Auch beeilte ich mich, meinen „berühmten" Geländewagen anzuwerfen, den ich am Tag zuvor nur geputzt hatte. Ich war nämlich davon überzeugt, dass das erste Rendezvous mit meiner Prinzessin absolut fehlerlos verlaufen musste. Ich plante, ihr meine geliebte Stadt zu zeigen, in der ich meine traurige, aber ab und an auch fröhliche, Kindheit verlebt hatte – Mariánské Lázně. Eine Stadt, die buchstäblich zu romantischen Spaziergängen einlädt…

Unser erstes Rendezvous lief fantastisch, und die Zeit mit ihr verging so schnell, dass ich nicht einmal bemerkte, dass es schon wieder Nacht war. Die ganze Zeit unterhielten wir uns uns spazierten durch die Stadt. Auch das Wetter war großartig. Ich fuhr meine Prinzessin dann nach Hause, und mit einem sanften Kuss beendeten wir diesen schönen gemeinsamen Tag.

Auf den ersten gemeinsam verbrachten Tag folgten weitere und weitere, und ich wurde mir bewusst, dass ich mich mehr und mehr in dieses Mädchen verliebte. Es war, als kannten wir uns schon viele Jahre. Wir konnten zusammen gehen, wohin es uns gerade gelüstete. Es war ein unbeschreibliches Gefühl von Freiheit.

Mein Mädchen stand kurz vor dem Abschluss der Mittelschule, und ich fuhr immer noch gern Bus bei dem gleichen Busunternehmen. D. h., solange, bis Zahltag war. Mir wurde bewusst, dass ich und meine Prinzessin reich waren, allerdings nur in spiritueller Hinsicht, was durch unsere Liebe gegeben war. Aber was nützte uns eine von Liebe verzauberte Seele, wenn mein Verdienst kaum reichte, um die Kosten für unser künftiges Zusammenleben zu decken.

Und wieder, ich weiß nicht, zum wievielten Male, versank ich in Angstgefühlen. Allerdings fiel mir eine Lösung ein, mittels der wir versuchen konnten, der finanziellen Pleite zu entgehen. Zu der Zeit hatte ich schon eine Reihe verschiedener Jobs ausprobiert, die jedoch nie adäquat bezahlt waren. Ich sah nur, wie die Besitzer der Firmen, bei denen ich angestellt war, immer reicher wurden. Deshalb forderte ich mein Mädchen auf, mir auf dem Glückspfad zu folgen, von dem ich meinte, ihn leider nicht in der Tschechischen Republik mit ihrer politischen Führung und Leuten, die sich gegenseitig und quasi auch sich selbst beklauten, finden zu können. Ich war mir sicher, dass in England bei Königin Elisabeth das Glück auf uns wartet.

Týnka war einverstanden, sodass uns nichts mehr daran hinderte, unsere gemeinsame Reise zu verwirklichen. Vor der Abreise musste meine Prinzessin noch die Fahrschule besuchen, da es uns damals unsinnig erschien, ohne Führerschein nach England zu fahren. Und weil Týnka ein sehr kluges und geschicktes Mädchen ist, schaffte sie die Fahrschule spielend und ging schon nach wenigen Wochen stolz aufs Amt, um ihren Führerschein abzuholen. Danach stand unserer Abreise ins ersehnte Land nichts mehr im Wege. Bis auf meine wiederholten Versuche, Gott, oder wenn Sie so wollen, das Universum zu „überlisten". Diese List entsprang dem ewig gleichen Irrtum, dem ich damals unterlag, und dem heute Millionen von Leuten auf diesem Planeten unterliegen. *Dieser Irrtum bestand in der Meinung, dass, wenn man etwas machen will, man erst einmal etwas besitzen muss.* Dieser irrtümlichen Vorstellung folgte auch ich damals und ging vor unserer Abreise in einen Autosalon, um mir ein nagelneues Auto zu kaufen, damit sich die Leute in England nicht etwa dachten, wir wären irgendwelche „dummen Bauern vom Dorf". Für dieses übrigens sehr schöne Auto hatte ich selbstverständlich nicht das nötige Bargeld. Aber ich lebte in einer Zeit, in der praktisch jeder ein Darlehen bekam, der danach fragte. Also befasste ich mich mit diesem „Detail" nicht allzu sehr und nahm das Auto und einen sog. Leasingvertrag mit nach Hause. Auch hatte ich vor der Abreise im Internet das Angebot einer Agentur gefunden, die neben Unterkunft und adäquater Arbeit auch versprach, bei der Erledigung aller zum Erhalt einer Arbeitserlaubnis notwendigen Formalitäten behilflich zu sein. Ich rief dort an, und man sagte mir, wir könnten jederzeit zu der angeführten Adresse in Liverpool kommen.

Und so begab ich mich zusammen mit meiner Prinzessin und in Erwartung schnellen Geldes und eines gemeinsamen Lebens in Überfluss auf eine Reise voller Abenteuer.

Nach der Ankunft in Liverpool empfing uns an der Bürotür ein, von Roma abstammender, mit goldenen Ketten und Ringen behängter, Tscheche… Bezüglich des Funktionierens seiner Unternehmung sprach er relativ verständlich. Nach Bezahlung sämtlicher Gebühren – Miete, Kaution… brachte er uns in einem Haus unter, wo schon seit längerer Zeit andere Tschechen wohnten. Dort hatten wir ein größeres Zimmer für uns. Was wir von diesen Leuten in Bezug auf die Funktion der Dienste der Agentur hörten, klang ziemlich beunruhigend. Aber zum Glück fassten Týnka und ich sehr gut Fuß. Wir bekamen beide gute Arbeit, und vor allem jeder nur eine. Wir brauchten nicht, so, wie viele andere, die für die Agentur arbeiteten, Woche für Woche den Arbeitgeber zu wechseln. Es hatte den Anschein, dass wir bei allen englischen Arbeitgebern einen sehr guten Eindruck hinterließen, sodass wir uns schnell selbstständig machen konnten. Bald darauf waren wir „frei" und benötigten Gott sei Dank keine tschechische Agentur mehr.

In England verlebten wir eine sehr schöne Zeit, aber auch eine kleine Beziehungskrise, die wir zum Glück überwanden, sodass wir auch hinterher ein sehr eingespieltes Paar waren. Nach einem halben Jahr Leben in England suchten wir uns eine eigene Wohnung und konnten endlich zusammen ausprobieren, was es heißt, selbstständig zu leben. Und es klappte sehr gut. Nach einigen Jahren begannen wir uns nach einem Kind zu sehnen, waren uns aber einig, dass England uns keine weiteren Geheimnisse preisgeben würde, und dass zur Gründung einer echten Familie mit Kindern unser Heimatland besser geeignet wäre. Und so kehrten wir, reich an Erfahrungen, nach Tschechien zurück.

Nach der Rückkehr in die Tschechische Republik entschloss ich mich zum wichtigsten Schritt in meiner Beziehung mit Týnka und hielt um ihre Hand an. Es war ein sehr angenehmes Gefühl, meine Prinzessin JA sagen zu hören…. Ich hatte ein Gefühl riesiger Lebensfreude und fühlte mich wie im Paradies.

Gleich darauf begannen wir, die Hochzeit zu planen. Die Trauung fand in einer Kirche statt, und zwar direkt auf dem Heiligen Berg, zu dem es mich schon als Kind immer irgendwie hinzog. Es war ein sehr schöner und ergreifender Tag. Und ich hatte das Gefühl, dass ich mit ihr, mit meiner Frau, alt werden möchte. Weil ich mich nur mit ihr richtig glücklich fühlte.

Nach der Hochzeit sehnten wir uns nach einem eigenen Heim. Und zufällig verkaufte ein Kollege gerade ein Haus in einem kleinen Dorf nahe der deutschen Grenze. Das Haus war riesengroß und gefiel uns sehr. Auch der Preis war gut. Vor allem hatte es zwei Geschäftsräume im Kellergeschoss. In einem war ein Lebensmittelladen. Also bestand die Aussicht, dass sich die Hypothek „von alleine" aus der Miete für diesen Raum bezahlen würde. So kauften wir denn das Haus. Wie wir schon vorher aus der Ortschronik erfahren hatten, handelte es sich um eine ehemalige Bäckerei.

Wir fanden es schade, in so einem großen Haus alleine zu wohnen. Und so schlugen wir meiner Mutter und ihrem Freund vor, bei uns zu wohnen. Meine Mutter fühlte sich nach dem Tod meines Vaters in der Wohnung in Mariánské Lázně sowieso nicht mehr wohl und war begeistert, als sie unseren Vorschlag hörte.

Wie ich schon vorher erwähnt habe, rekonstruierte meine Tante die Wohnung in Pilsen, und ihr Vater stand dabei im Weg. Auch trotz der Zwietracht zwischen mir und Tante Jolana war ich einverstanden, dass Großvater in unser Haus umzieht. Ich stimmte zu, obgleich ich immer noch sehr böse auf ihn war. Mir war aber klar, dass, obgleich er eine seiner Töchter gänzlich enterbt hatte, er sich immer noch nicht eingestand und sich auch nicht eingestehen wollte, dass ihn die liebste seiner Töchter nur ausnutzte. Er war für sie ein Mittel, um zu Vermögen zu kommen, mehr interessierte sie nicht an ihm. Ganz zu schweigen, wie sie sich immer über meinen Vater lustig machte. Und sie lachte auch über meine Erklärung bezüglich der Herkunft all des Geldes, mit der sie die Rekonstruktionen und Käufe ihrer Immobilien finanzierte. Er selbst hatte nie eine Meinung dazu und schwieg einfach nur. Auch meine Mutter war sauer auf ihn und litt sehr unter all dem, aber Gott sei Dank haben weder ich noch meine Mutter irgendetwas vom Naturell meiner Tante. Und so kümmerten wir uns natürlich um Großvater, damit er einen ruhigen Lebensabend genießen konnte.

Ich glaube, dass alle in unserem Haus zufrieden waren und vor allem Freude am Garten hatten, wo man buchstäblich ganze Tage verbringen konnte. Týnka und ich erwarteten Nachwuchs, und so war ich froh, dass sie zu Hause nicht allein sein würde, während ich den ganzen Tag bei der Arbeit bin.

Seinerzeit arbeitete ich als LKW-Fahrer im internationalen Fernverkehr. Ich kam regelmäßig alle zwei Wochen nach Hause, blieb dann eine Woche bei meiner Familie und machte mich erneut auf den Weg. Also die Zeit des Wartens auf unseren Nachwuchs verging für mich unglaublich schnell. Leider hatte Týnka ihren Termin gerade zu einem Zeitpunkt, als ich weg war. Wir schrieben uns ständig per SMS. Letztlich kam sie sogar eine Woche später ins Krankenhaus, da unser Söhnchen irgendwie nicht auf die Welt „wollte", sodass die Ärzte die Wehen einleiten mussten. Dann ermöglichte mir mein Arbeitgeber aber, eine Woche Urlaub zu nehmen. Dies war schwierig auszuhandeln, weil ich mich gerade in Spanien befand und, es mag Sie erstaunen, eine Stunde vor der Geburt unseres Sohnes mit meinem LKW am Krankenhaus eintraf. Also konnte ich persönlich diesem schönen Moment beiwohnen. Es war ein sehr emotives Erlebnis für mich.

Nach ein paar Tagen nahm ich beide aus dem Krankenhaus mit nach Hause, und für uns begann ein völlig anderes Leben – ein Leben zu dritt.

Und so hatte ich alles, was ich mir immer gewünscht hatte – eine Frau, ein Kind, ein Haus und eine Familie. Vielleicht wollte ich deshalb auch wieder einen Hund. Zu Haus und Garten gehörte doch einfach ein Hund. Zudem mochten sowohl Týnka als auch ich Tiere sehr gern, und ein Hund fehlte uns zu Hause noch. Außerdem waren wir der Meinung, dass es auch für unseren Sohn gut wäre, in Gesellschaft eines Hundes aufzuwachsen.

Wir schafften uns wieder einen Dobermann an. Ich ließ mich von der Halterin überzeugen, dass es ein Hund für die Familie ist, der Kinder liebt und ein dankbarer Gefährte ist.

Zu jener Zeit began sich die Situation zu Hause jedoch wieder zu verschlimmern. Unser Mieter war wegen seines Gesundheitszustands gezwungen zu kündigen, sodass sich unsere monatlichen Ausgaben um diesen fehlenden Betrag erhöhten. Kurz darauf begannen die Streitigkeiten mit meiner Schwester, die mit ihrer Familie in der Nähe von Pilsen wohnte. Ihr Mann zeigte damals sein wahres Gesicht und verbot mir nach einigen Unstimmigkeiten, *insbesondere, was den Kauf unseres Hauses anging,* ihr Haus zu besuchen, und er begann auch, mich zu beschimpfen. Ich begriff überhaupt nicht, was ihn dazu führte. Immer, wenn er und meine Schwester Hilfe brauchten, beispielsweise um die Kinder zu hüten oder dergleichen, ließ ich alles stehen und liegen und half ihnen. Woher also all dieser Hass gegenüber meiner Familie und vor allem mir gegenüber? Warum? Und meine Schwester stand als seine Ehefrau natürlich völlig unter seinem Einfluss und brach innerhalb einer Woche sämtlichen Kontakt zu uns ab.

Mein Schwager war von sehr aufbrausender Natur. Um die Familie kümmerte er sich kaum, er mochte nur Bier und seine Freunde und kam praktisch nur nach Hause, um zu schlafen und um zu kontrollieren, ob dort alles nach seinen Vorstellungen lief. Seine zwei Kinder schrie er ständig nur an und terrorisierte sie. Ich mochte ihn nie besonders gern, tolerierte ihn jedoch als Partner meiner Schwester. Er richtete jedoch viel Schlimmes an, das mir für den Rest meines Lebens in Erinnerung geblieben ist. Ich möchte anhand einer kurzen Geschichte kurz erklären, was ich meine.

Mein Schwager war immer der Meinung, dass zu einem Haus ein ordentlicher Wachhund gehört. Da er ordnungsliebend war, verlangte er dies auch von seinen Hunden. Der Rasen im

Garten musste immer makellos sein, fast wie auf einem Fußballplatz. Was sich aber schlecht mit einem Auslauf für Hunde kombinieren ließ. Und so schuf er hinter dem Haus einen vier Quadratmeter großen, freien Platz, von dem aus der Hund nicht einmal nach draußen blicken konnte. Es erstaunt also kaum, dass jeder Hund, den er sich anschaffte, versuchte, diesem Gefängnis und seinem Tyrannen zu entkommen. Ich wage, das Wort Tyrann zu gebrauchen, da fast jeder Hund weglief oder nach seiner Flucht vom Auto überfahren wurde. Dafür konnte ich als Hundeliebhaber meinen Schwager einfach nie mögen. Aber auch er trug Hass in sich, der zum Beispiel dann zum Vorschein kam, wenn ein paar Hühner des Nachbarn sich auf seinen Rasen verirrten. Meinem Schwager, dem „Herren der Tiefe" fiel nichts Besseres ein, als einen Stein zu nehmen und die wehrlosen Tiere damit zu bewerfen. Mehrere Hühner traf er am Kopf, sodass sie zu Boden gingen. Den überlebenden Rest des kleinen Schwarms trieb er hinaus auf die Straße, die halbtoten Tiere warf er in die Mülltonne. Meine Mutter war damals zu Besuch bei ihnen und erinnert sich bis heute daran. Für sie war es ein traumatisches Erlebnis. Sie hörte aus der Mülltonne irgendwelche seltsamen Geräusche. Was sie dort sah, verschlug ihr völlig den Atem. Sie ging ins Haus, um es den anderen zu sagen. Und was, meinen Sie, tat mein Schwager? Die armen Kreaturen aus der Tonne zu nehmen, um zu kontrollieren, ob sie noch lebten? Nein, er überschüttete sie mit heißer Asche aus dem Kessel. So begrub und verbrannte er sie praktisch bei lebendigem Leibe.

Der Nachbar suchte, als er am Nachmittag nach Hause kam, seine verlorenen Hühner. Mein Schwager gab seine Tat natürlich nicht zu, sondern wies den Nachbarn noch ausdrücklich an, besser auf seine Tiere aufzupassen. Also ich lehnte es einfach ab, einen solchen Menschen zu mögen. Aber nie mischte ich mich laut in seine Angelegenheiten ein. Ich weiß wirklich nicht, woher sein Hass mir gegenüber kam.

Und gerade kurz nach dem Ereignis mit den Hühnern brach meine Schwester jeglichen Kontakt zu unserer Familie ab, und zwar für die nächsten paar Jahre. Am seltsamsten daran war, dass der Hauptgrund für diese deutlichen Differenzen bei mir lag. Nach den Hühnern nahm sie mich ins Fadenkreuz, und ich verstehe bis heute nicht, warum.

Ich war angewidert von ihrem Verhalten, davon, wie sie sich ständig mit den Leuten um sich herum beschäftigten, anstatt sich mit den eigenen Sorgen zu befassen.

Und wieder folgten auf diese ewigen negativen Gedanken genauso negative Gefühle, die eine Reaktion auf diese Gedanken waren. *Wieder musste das Gesetz der Anziehung einschreiten,* und so begann ich, Unannehmlichkeiten anzuziehen. Und zwar deswegen, weil ich erneut der Depression, dem Zorn und dem Hass verfiel. Wieder schob ich die Schuld auf Gott und stellte ihm Fragen wie "Warum kann ich nicht endlich Ruhe finden und ein zufriedenes Leben leben?" Anstelle von Antworten kamen mehr und mehr Probleme dazu.

Wie ich bereits erwähnte, wurde unser Mieter krank und musste sein Geschäft in unserem Haus aufgeben. Es begann die „weltweite" Krise, der viele Firmen zum Opfer fielen. Ich war gezwungen, zu einer größeren Transportfirma zu wechseln, bei der die Bedingungen nicht gerade optimal waren. Und dies hatte viele weitere Verletzungen der Seele zur Folge, nicht nur für mich, sondern auch für meine Familie. Meine Dienstreisen verlängerten sich auf Monate. Ich war beispielsweise einen Monat bei der Arbeit und eine Woche zu Hause. Fehlte nur noch, einen Briefkasten und eine Türklingel an meinem LKW anzubringen….

Geld zur Unterhaltung von Haus und Familie war zwar da, aber ich hatte tagtäglich mehr und mehr schwarze Gedanken, da ich viele Stunden allein in der Kabine meines LKWs eingeschlossen verbrachte, der für mich zu Bett, Küche und Arbeitsplatz geworden war.

Der Mangel an Freizeit machte sich auch bei unserem Hund Killi bemerkbar, der langsam die Rolle eines Leittiers bei uns zu Hause zu übernehmen begann. Und auch dies führte wieder nur zu Angst und Bedenken wegen unseres Sohnes, war er doch der Kleinste und somit am verletztlichsten.

Die Lösung dieses Problems mussten wir sofort in Angriff nehmen. Also schickten wir Killi in die Hundeschule, wo er lernte zu gehorchen. Allerdings war diese Schule sehr teuer. Nach drei Monaten Umerziehung bei einem der besten Dobermann-Trainer bei uns in der Tschechischen Republik bestand Killi erfolgreich die Prüfung und sollte zu uns zu Hause zurückkehren. Er sollte als völlig neuer Hund zurückkehren.

Eine Weile funktionierte es, und alle machten zufriedene Gesichter. Leider hielt der Zustand nicht allzu lange an, und die Probleme kamen wieder. Killi wollte uns vor allem zeigen, dass er nicht nur auf der Couch liegen, sondern ständig an sich arbeiten und sich vervollkommnen will, was jedoch mit Ehefrau, kleinem Sohn und meiner Arbeit unrealistsch war. Also mussten wir uns schnellstens etwas einfallen lassen. Ich bin mir heute sicher, dass wir die überhaupt bestmögliche Lösung fanden. Es war klar, dass Killi aus dem Haus musste. Allerdings steckten wir ihn weder ins Hundeheim noch setzten wir ihn irgendwo im Wald aus, um ihn seinem Schicksal zu überlassen. Mithilfe seines Trainers aus der Dobermann-Schule fanden wir letztlich das wohl passendste Herrchen für ihn.

Und zwar einen sehr sympathischen Mann, der Dobermänner buchstäblich liebte. Und von uns unterschied er sich vor allem dadurch, dass er genügend Zeit und Geld hatte, um sich dem Hund ausreichend widmen zu können. Und vielleicht werden

Sie genauso erstaunt sein wie ich, als ich erfuhr, dass er aus dem fernen Venezuela stammt! Er hatte dort eine riesige Ranch, auf dem er eine Dobermann-Show betrieb, und wo er auch über einen Übungsplatz für diese vierbeinigen Freunde verfügte. Mit Killi schien er sich sofort zu verstehen. Als sie sich das erste Mal sahen, verhielt sich Killi ihm gegenüber, als kannte er ihn schon seit langem.

Diesem Mann überließen wir Killi. Und so reiste er in ein fernes Land zu neuen Abenteuern. Wir waren traurig, aber nicht unglücklich. Trauer ist keine schlechte Sache. Im Gegenteil, sie zeigt, dass Ihnen etwas nicht gleichgültig ist. Wir waren froh, dass Killi ein neues Umfeld bekommt und ein neues Leben beginnt. Von Killi kamen nur gute Nachrichten, herrliche Fotos und noch schönere Videos. Er legte viele Leistungsprüfungen ab und schaffte es sogar bis auf die ersten Plätze bei Arbeitswettbewerben in ganz Amerika. Wir waren wirklich sehr stolz auf ihn.

Und wir lebten inzwischen weiter. Die Situation bei meiner Arbeit verschlechterte sich rapide. Mein Arbeitgeber verlängerte meine Dienstreisen beständig und kürzte mir die Freizeit. Ich begann, unglaublichen Depressionen zu verfallen, da sich auf einmal auch der Zahltag und die Art und Weise der Lohnzahlung veränderten. Nach diesen Veränderungen begannen unter den Fahrern Gerüchte umzugehen, dass der Inhaber die Firma in Konkurs schicken will. Diese Befürchtung bewahrheitete sich dann tatsächlich. Der Zahltag verschob sich ständig. Aber zur Arbeit mussten wir auch ohne Geld antreten. Und so kam ich mit der Bezahlung meiner Rechnungen in Verzug und hatte mehr und mehr negative Gedanken. Ich war sogar schon so sehr am Boden, dass ich an Selbstmord dachte. Ich war mit einer hohen Summe versichert, sodass meine Familie abgesichert gewesen wäre. Ich hatte wirklich die schwärzesten Gedanken, beispielsweise, dass es am besten wäre, mein Leben mit einem Sturz von einer Brücke zu beenden, zusammen mit dem LKW. Aber Gott sei Dank wurden diese Vorstellungen tief in meinem Hirn von irgendjemandem unterdrückt, und dieser Irgendjemand erlaubte es mir nicht, solch eine Dummheit zu begehen.

Änderung

Ständig rief ich nach Veränderung, betete, und auf einmal meldete sich ein Bekannter bei mir, den ich zuletzt gesehen hatte, als ich vierzehn Jahr alt war. Es war unser ehemaliger Hausnachbar. Kontakt zu mir nahm er über einen gemeinsamen Bekannten auf. Wir unterhielten uns und tauschten uns darüber aus, wie sich unser Leben über die Jahre verändert hatte, bis wir auf das Thema Arbeit zu sprechen kamen. Diesen Mensch hatte Gott mir als Antwort und Lösung gesandt... Er zeigte mir den Weg auf zum weiteren Leben. Auch er arbeitete als Fahrer im LKW-Fernverkehr, jedoch zu wesentlich vorteilhafteren Bedingungen. Es handelte sich um Arbeit bei einem deutschen Arbeitgeber. Ich zögerte keine Sekunde. Die Hoffnung begann, in mir weitere positive Gedanken und Vorstellungen zu wecken. Auch weckte dies in mir den notwendigen Mut, sich gegen meinen derzeitigien Chef aufzulehnen. Am nächsten Tag rief ich ihn an und sagte ihm, dass ich mit sofortiger Wirkung kündigen würde, und dass es mich überhaupt nicht interessieren würde, dass er keinen Ersatz für mich hätte. Nach einer kurzen Diskussion willigte er schließlich ein, mich gehen zu lassen, da er Angst hatte, dass ich den LKW sonst irgendwo an der Strecke abstelle. Und so konnte ich endlich meine neue, vielversprechende, Karriere beginnnen.

Es störte mich überhaupt nicht, dass meine Deutschkenntnisse auf einem sehr niedrigen Niveau waren. Ich war gerade so in der Lage, höflich zu grüßen und Danke zu sagen. Ich sagte mir, dass sie doch einen Fahrer bräuchten und keinen Redner, und dass ein Fahrer ja nur das Lenkrad halten müsse, nichts zu sagen bräuchte oder darüber erzählen müsse, was er heute Gutes zum Mittagessen kochen würde. Nach einem kurzen Gespräch mit meinem künftigen Chef bekam ich praktisch sofort einen neuen Arbeitsvertrag. Zwar verstand ich nur ungefähr die Hälfte von dem, was er mir damals erzählte, aber das war mir irgendwie egal, da für mich das Ziel wichtiger war als der Weg, und zwar die neue Arbeit in einer „neuen Welt".

Sofort fiel uns allen einer kleiner „Stein vom Herzen". Die Arbeit war gut, und auch die Dienstreisen dauerten nur vierzehn Tage, danach war ich ein Wochenende zu Hause. Aber wie es nun leider so ist, stieß ich auch hier auf ein Problem, das mit der Zeit größer und größer wurde. Schwierigkeiten begann mir der Dispatcher zu machen, der so etwas wie mein kleiner Chef war. Dieser Mensch gab mir klar zu verstehen, dass ich als jemand, der aus einem anderen Land stammte, seinen oft völlig sinnlosen Anweisungen bezüglich der Trasse usw. folgen müsste. Immer, wenn dieser Mensch bei der Arbeit war, bekam ich die schlimmsten Aufträge mit den schlimmsten Be- und Entladeterminen. Etwa ein halbes Jahr tolerierte ich ihn, aber als merkte, dass er mich seine Überlegenheit mehr und mehr spüren ließ und mich mit seinen Bemerkungen und Anspielungen richtig zu schikanieren begann, wurde ich sehr sauer. Ich hatte ihm doch nichts getan! Als ich ihn einmal am Telefon hatte, erinnerte ich ihn im Eifer des Gefechts an die Greuel, die Adolf Hilter auf der Welt begangen hatte, und dass es sich nicht gehörte, dass er in diesem Sinne weitermacht. Ich argumentierte mit diesen traurigen Ereignissen aus dem Zweiten Weltkrieg, wusste aber wirklich nicht mehr, wie ich mit diesem Menschen umgehen sollte. Bis auf ihn war alles an der neuen Arbeit gut.

Alles in allem fühlte ich mich aber wirklich gut. Die Finanzen quälten mich nicht mehr, da mein Lohn jedesmal regelmäßig gezahlt wurde, manchmal sogar im Voraus. Ein so ausgezeichnetes Gefühl hat auch die großartige Eigenschaft, dass es einen weiter anspornt. Ja, ich hätte „an einer Stelle" bleiben und mir sagen können, dass ich froh sein sollte, hier zu sein und aller Sorgen frei zu sein. Aber im Herzen fühlte ich doch, dass mir immer noch etwas fehlt. Jeder sollte einen Wunsch in seinem Leben haben, einen Sinn, den er nie vergessen sollte. Damals setzte ich mir klare Ziele für mein Leben, und zwar Gesundheit, Reichtum in jeder Hinsicht sowie den Wunsch, in ein fernes, nördliches Land zu ziehen. Diese Ziele waren zwar weiterhin außer Reichweite, aber der Wunsch half mir, stetig darauf hinzuarbeiten und weiter voranzukommen. Daher suchte ich ständig nach Möglichkeiten, meinem Traum näher zu kommen.

Ich war dankbar dafür, dass Gott mir auf die Sprünge geholfen hatte, und ich begann, mich auch um meinen Geist zu kümmern. Ich bin überzeugt, dass nichts im Leben Zufall ist, und dass es auch sicher kein Zufall war, dass Týnka in der Nacht Albträume plagten. Also machten wir uns gemeinsam auf in einen Zauberladen. Wir brauchten einen Traumfänger. Dieses Hilfsmittel bekommen Sie heute an vielen Orten. Damals wussten wir jedoch nicht, wo, fanden dann aber einen Laden, von dessen Existenz ich nichts geahnt hatte.

Es verwirrte mich, dass der Laden Zauberladen hieß, aber nach seinem Betreten wurde mir schnell klar, warum. Es gab dort eine Unmenge von Dingen, die einem buchstäblich Angst einjagten. Aber auch Dinge, die sehr intensive, positive Energie ausstrahlten. Mich persönlich zogen schon immer Steine an, egal in welcher Form. Von diesen Mineralen gab es im Geschäft wirklich viele, weshalb ich mich dort sehr wohl fühlte. Die Verkäuferin oder – wie ich sie nannte – der Zauberlehrling, war eine sehr geheimnisvolle Persönlichkeit. Wir erzählten ihr von den Albträumen meiner Frau, und sie bot uns eine Lösung in Form eines Traumfängers an. Bei dieser Gelegenheit „vermaß" sie auch unsere Aura und die Chakren im Körper. Bei meiner Frau fand sie ein blockiertes Chakra und empfahl uns zur schnellen Abhilfe das Mineral Karneol. Wir waren erstaunt, als wir hörten, wie viele Probleme dieses blockierte Chakra verursacht. Aber es stimmte einfach. Also kauften wir uns den Stein. Dann konzentrierte sich die Hexe auch auf meine Aura, und ihre Worte veränderten buchstäblich mein ganzes Leben. Angeblich wäre ich von einer vielfarbigen Aura umgeben, und sie verstünde selbst nicht, warum. Weil jeder Mensch nur eine, höchstens zwei, Farben hat. Also empfahl sie mir, mich mehr meinem Geist zu widmen. Sie erkannte nämlich auch, dass ich mich viele Jahre mit meiner Vergangenheit befasst hatte *(und dies, obgleich ich den Laden mit großer Skepsis betreten und ihr nur Guten Tag gesagt hatte)* und ermutigte mich, keine Angst zu haben, dass die Schuldigen bestraft würden, und dass die mir nahestehende Person aus dieser Zeit bereits in Sicherheit wäre. Wie war die Frau dazu in der Lage? Sie hatte ganz klar von meinem Vater gesprochen, schoss es mir sofort durch den Kopf. In diesem Moment erweckte sie in mir Respekt gegenüber allem Geheimnisvollen und gegenüber Hexerei als solche. Beim Gehen empfahl sie mir noch, das Buch Gespräche mit Gott zu lesen. Dann verabschiedete sie sich von uns und bedankte sich für den Einkauf.

Auf dem ganzen Nachhauseweg sprach ich mit meiner Frau darüber, was sich in dem Laden alles abgespielt hatte. Gleich nach der Ankunft zu Hause suchten wir im Internet nach dem Buch. Wir fanden heraus, dass es drei Teile hat und von Neal Donald Walsh geschrieben wurde. Und so bestellte ich, der im ganzen Leben kein Buch gelesen hatte, alle drei Teile. Allerdings ging ich angesichts der Seitenzahl davon aus, dass ich zum Lesen mindestens drei Jahre benötigen würde. Die Bücher kamen ziemlich schnell, und, entschlossen, sie in der freien Zeit zu lesen, während ich auf Aufträge wartete, nahm ich sie mit auf Dienstreise. Lesen konnte ich auch an den im LKW verbrachten Wochenenden.

Nachdem ich einen Blick in den ersten Teil des Buchs geworfen hatte, nahm mich das Lesen der Gedanken des genannten Autors derart gefangen, dass ich nur noch las und las. Am Ende des ersten freien Wochenendes im LKW hatte ich den ersten Teil durchgelesen und konnte es nicht erwarten, die beiden weiteren Teile zu lesen. Dank dieses wunderbaren Buches begann ich zu begreifen, warum sich die Ereignisse in meinem Leben so und nicht anders abspielten. Es half mir auch zur Erkenntnis, dass es keinen Sinn hat fürs Leben, sich mit der Vergangenheit zu beschäftigen.

Drei Wochenenden lagen hinter mir, und ich hatte alle drei Teile des Buchs Gespräche mit Gott durchgelesen. Der Autor nahm mich so gefangen, dass ich mehr über ihn erfahren wollte. Und so begann ich – wo sonst – im Internet zu suchen. Ich sah mir auch seinen autobiografischen Film mit dem gleichen Titel an, und kann wirklich ruhigen Gewissens sagen, dass die Gedanken von Neal Donald Walsh meine Weltsicht tiefgreifend veränderten. Endlich begann ich, in meinem Leben meine eigenen Gedanken, die oft im Gegensatz zu den Meinungen anderer Leute standen, geltend zu machen. Ich begann, mich auch mehr um meine Seele zu kümmern und sehnte mich zunehmend nach der Erfüllung meines lebenslangen Traums.

Wie aus dem Nichts wurde mir ein neuer Job angeboten, wieder in Deutschland, aber diesmal weit weg von Tschechien. Das Angebot war verlockend, und ich erkannte sofort, dass dies ein weiterer notwendiger Schritt zur Umsetzung meines Wunsches war.

Ich zögerte nicht und nahm das Angebot an, obwohl es bedeutete, mit der ganzen Familie, mit Sohn und Frau, in ein völlig fremdes Land umzuziehen und zu lernen, dort zu leben.

Mein Sohn kam hier in die Schule und musste lernen, in einer fremden Sprache zu kommunizieren. Diese riesige Veränderung empfanden wir aber alle als positiv, sodass auch unser Familienglück funktionierte.

Das Leben im neuen Land war ganz anständig. Auf meine Anregung hin kam auch mein guter Freund Radovan, den ich vor Jahren in dem Busunternehmen kennen gelernt hatte, dorthin und blieb. Er hatte mir unzählige Male geholfen, finanzielle Notlagen zu überbrücken. Es war wohl seine Mission, aber ich spürte, dass auch er mich brauchte, da ich ihm verschiedene Lebenswege aufzeigen konnte, und er bereit war, sie anzunehmen. Er war immer noch unentschlossen, auch wenn er fühlte, dass sein Leben nach einer großen Veränderung verlangt. Ständig plagten ihn Zweifel, ob seine Entscheidungen richtig waren. Ob das, was er tat, richtig war. Ich bemühte mich, ihm auch in spiritueller Hinsicht zu helfen, und ich glaube, es ist mir zumindest teilweise gelungen. Wir sind bis heute Freunde. Auch wenn wir ab und zu anderer Meinung sind, geht es dabei um nichts, was unserer Freundschaft im Wege stehen würde, ganz im Gegenteil.

Innerhalb kurzer Zeit entsprang aus der Liebe zu meiner Ehefrau ein wunderschönes zweites Kind. Uns wurde eine kleine „Prinzessin" mit dem Namen Jenny geboren, und ihr stolzer älterer Bruder hatte sie von Anfang an sehr gern und wachte wie ein Bodyguard über sie.

Dies war wirklich der schönste Augenblick für unsere ganze Familie, obgleich wir dann noch nicht ahnten, was uns im weiteren Leben erwartete.

Geistiger Reichtum war in Reichweite, aber immer noch wünschte ich mir „echten", finanziellen Reichtum. Ich stellte mir vor, wie ich das große Geld verdiente, und auch, was ich für mich und meine Liebsten für dieses Geld anschaffen würde, da ich bereits an die Kraft Gottes glaubte. Auch wusste ich bereits sehr gut, dass das Gesetz der Anziehung wirklich funktioniert, weshalb meine Vorstellungen letztlich Realität wurden. Auf meinem Weg habe ich schon eine Menge von Leuten getroffen, in denen ich immer versuchte, nur das Gute zu sehen. Das galt auch für mein Arbeitsleben. Keine „überlegenen" Dispatcher und dergleichen mehr. Bezüglich meines letzten Arbeitgebers möchte ich erwähnen, dass meine Chefin Nicole ein wahrhaftiger Engel war. Ich habe früher im Leben nur mürrische Chefs getroffen, die sich ausschließlich um ihr eigenes Wohl kümmerten. Das jedoch kann man auf solche Weise nicht erzielen. Nicole gehörte zu einer anderen Sorte von Leuten. Ich war stolz auf sie und dankbar für eine solche Chefin. Sie war liebenswürdig und nett, und obgleich sie manchmal Zustände der Ratlosigkeit überfielen, gab sie nicht auf und machte weiter.

Ich wünsche mir, dass Arbeit allen Spaß macht, und dass Vorgesetzte solche Mitarbeiter zu schätzen wissen. Jedenfalls habe ich solches Glück bereits erlebt, und auch, wie sich die Situation weiterentwickelte, sah nicht schlecht aus.

Irgendwoher kam mir eine Eingebung, die es mir gelang, bald im realen Leben umzusetzen. Ich begann, mich meinem Lebensziel zu nähern. Ich begann, relativ viel Geld zu verdienen. Und ständig konzentrierte ich mein Denken auf weitere und weitere Eingebungen, die zu einem immer größeren Geldgewinn führten.

Meine Vergangenheit vergaß ich nicht, aber ich hörte auf, sie wiederzubeleben. Ich begann, mich gänzlich der Schönheit des gegenwärtigen Augenblicks zu widmen, der mir eine viel bessere Zukunft brachte.

Ich vergab allen, von denen ich dachte, dass sie mir in irgendeiner Weise wehgetan hatten, meinen Geschwistern, meiner Tante Jolana, Jirka,…auch dem Mörder meines Vaters, wer auch immer es war. Ich vergab auch mir selbst.

Zur wichtigsten Sache für mich wurde die Gegenwart. In diesem Augenblick begannen in meiner Nähe Leute mit verschiedenen Problemen und Sorgen aufzutauchen. Ich begriff aber den Grund für das, was geschah. Da ich Menschen helfen wollte, war diese Tatsache unausweichlich. Ich half ihnen dadurch, dass ich mich bemühte, ihnen den Weg zu weisen, den sie einschlagen können. Sofern sie sich nicht nur damit zufrieden gaben, irgendwie vor sich hin zu leben. Auch war ich schon darauf gekommen, dass, wenn ich anderen helfe, die meiner Hilfe bedürfen, ich auch mir selbst helfe. Ich begann ein neues Leben. Ich wusste bereits, dass mein Leben jede Stunde, jede Minute und sogar jede Sekunde neu anfängt, wenn ich nur will.

Auch Sie können ändern, was Sie wollen!

Nach einigen Jahren kaufte ich zusammen mit meiner Familie ein herrliches Blockhaus in Nordalaska, wo ich schon immer hinwollte. Bis heute lebe ich ein zufriedenes und glückliches Leben. Ich bin meiner Überzeugung treu geblieben. Ich treffe viele Leute, die mich im Glauben bestärken, dass ich meine Sache richtig mache. Zur Belohnung bekomme ich viele Geschenke: echte und unverfälschte Freundschaften, schönste Gefühle durch Verbundenheit mit der jungfräulichen Natur und vieles mehr. Auch gewinne ich an geistigem Reichtum. Und ich habe mehrere vierbeinige Freunde. Ich habe eine wunderbare Ehefrau, die mich auf meinem Lebensweg voll unterstützt. Ich habe herrliche Kinder, die zufrieden leben. Ich bin Gott sehr dankbar für alle Geschenke des Lebens selbst, Geschenke, die ich bekomme. Ich glaube nicht mehr das, was ich sehe, sondern ich sehe, an was ich glaube. Ich liebe mein Leben und erfreue mich an allen Ereignissen, die mir das Leben zuspielt...

MIT GEDANKEN ZUM GLÜCK

NACHWORT DES AUTORS

NACHWORT DES AUTORS

Liebe Leser, ich hoffe, dass Ihnen die Geschichte unseres Helden Tomáš gefallen hat. Nur, damit Sie es wissen –Tomáš arbeitet auch weiterhin an sich und ist glücklich. Ihn und seine Familie besuchen immer mehr Leute, die danach streben, die höhere Realität zu begreifen. In Alaska, umgeben von herrlicher, unberührter Natur, gibt er an diejenigen, die Wert darauf legen, Gottes Mission weiter. Er bemüht sich darum, jedem zu helfen, ein besseres Leben zu schaffen.

Es war meine Aufgabe, diese Geschichte zu erzählen und sie so wiederzugeben, wie sie sich tatsächlich zugetragen hat. Ich kann verraten, dass ich mich dabei von wirklichen Ereignissen inspirieren ließ...

Gern würde ich noch ein paar Worte zu dieser Geschichte sagen. Wenn wir zurückblicken, sehen wir, dass Tomášs Leben wesentlich von dem tragischen Ereignis beeinflusst wurde, bei dem sein Vater einen gewaltsamen Tod starb. Sein Leben begann sich dadurch jedoch weiterzuentwickeln. Auch wenn Tomáš oft den Sinn und die Abfolge der kurz aufeinander folgenden Ereignisse nicht begriff. Erst zum Ende der Geschichte verstand Tomáš, dass nichts zufällig geschieht, und alles, was er erlebt hatte, einschließlich schmerzhafter Stürze, notwendig war für die Entwicklung seines Geistes und für seinen Lebensweg hier auf Erden. Ohne diese Ereignisse herunterzuspielen zu wollen - sein Weg zu spirituellem Reichtum wäre ohne den Tod seines Vaters wahrscheinlich um einiges schwieriger gewesen. Dieses tragische Ereignis sollte für ihn in gewisser Weise ein Geschenk sein. Bereits als Kind wurde ihm klar, dass er sich trotz des Todes seines geliebten Vaters zusammenreißen und weitermachen muss. Er blieb also damals allein mit seiner Mutter zu Hause und war für sie gleichsam eine Stütze.

Tomáš war sehr unglücklich und versuchte, um jeden Preis denjenigen zu finden, der diese abscheuliche Tat an seinem Vater begangen hatte. Sein Geschenk bestand darin, dass er begriff, dass die negativen Gefühle, von denen er sich oft leiten und beeinflussen ließ, letztlich noch größere Schwierigkeiten herbeiriefen. Diese schlechten Gefühle, die er seinerzeit durchlebte, waren hauptsächlich Zorn, Rache und Hass. Er wurde zu einem Menschen, dessen Gedanken sich in seiner Person widerspiegelten.

„DU WIRST ZU DEM, WORAN DU DENKST.“

Morris E. Goodman

Allmählich kamen weitere Geschenke dazu. Er lernte die Leute in seiner Umgebung kennen. Vorher erschienen sie ihm wie Freunde, in Wirklichkeit zeigten sie, der eine früher, der andere später, ihr wahres Gesicht. Er begriff, dass diese Leute nicht davor zurückschrecken würden, „über Leichen zu gehen“, dass sie tatsächlich in der Lage wären, für Geld sogar zu töten.

Zum Glück war Tomáš, was die spirituelle Seite angeht, sehr stark. Und zumindest ein gutes Gefühl vergaß er nie – in seinem Fall war dies Hoffnung.

Er hatte die Hoffnung, dass alles aufgeklärt wird, und zugleich begann er, mehr über seine grundlegenden Wünsche nachzudenken. Er wünschte sich, eine liebe Frau zu haben, die ihn genau so lieben würde, wie er in seinem Innern war. Gott erfüllte ihm diesen Wunsch, und Tomáš schloss den Bund der

Ehe. Gemäß seinem damaligen katholischen Glauben legte er die sakramentale Beichte ab. Ein weiteres Geschenk also, das aus dem herrlichen Gefühl der Hoffnung hervorging. Tomáš war sich zu der Zeit noch nicht dem Gesetz der Anziehung bewusst, nämlich, dass schlechte Gedanken schlechte Ereignisse mit sich bringen, und umgekehrt. Hätte er dies schon damals gewusst, hätte er mit seiner Frau gleich nach der Hochzeit glücklich sein können. Stattdessen versank er wieder in Depressionen, genauer gesagt, quälten ihn Bedenken bezüglich der Finanzen, die er für seine Familie und ihren Neuzuwachs benötigte. Diese Bedenken mussten sich zwangsläufig in neuen und neuen Problemen und Schulden niederschlagen. Mit seiner Angst und den ständigen Depressionen rutschte er tiefer und tiefer in den Abgrund. Eine große Stütze für ihn war seine Frau, die es fertigbrachte, diese seine Zweifel und Vorwürfe auf erstaunliche Weise zu überkommen. Sie war ständig bemüht, ihrem Mann auf den Weg zu innerem Frieden und Glück behilflich zu sein.

„VERFOLGEN SIE IHR GLÜCK,

UND IM UNIVERSUM ÖFFNEN SICH TÜREN,

WO VORHER NUR MAUERN WAREN."

Joseph Garysbell

All dessen bewusst wurde sich Tomáš erst, nachdem er sich das Buch „Gespräche mit Gott" durchgelesen hatte, das vom wunderbaren Schriftsteller und Menschen Neal Donald Walsh stammte. Diese Botschaften von Gott begannen, ihm ihren Sinn zu offenbaren. Auf einmal hatte er Antworten auf alles. Ihm wurde klar, dass es eigentlich seine Frau war, die ihn in ihrem Bemühen, ihm um jeden Preis auf den richtigen Weg zu verhelfen, in den geheimnisvollen Zauberladen geführt hatte.

Und dort hatte er von der Existenz dieses „heiligen Buchs" gelernt. Ihm wurde klar, dass nichts, was er bisher getan hatte, zufällig geschehen war. Erst dieses Buch, die schönen, in den drei Bänden enthaltenen, Worte Gottes halfen Tomáš dabei, an dem Kreuzweg, an dem er so lange stand und nicht wusste, welche Richtung er einschlagen sollte, den richtigen Weg zu nehmen. Er war dankbar für das, was er hatte und lernte, sich nicht über das zu beschweren, was er nicht hatte. Es war für ihn sicher sehr schwierig, die „Wahrheiten", die wir alle in unserer Kindheit lernen, neu zu beurteilen. Aber Tomáš schaffte es. Ihm wurde bewusst, dass er auch bekommt, was er nicht will, weil er sich ständig auf negative, ungewollte, und seien es nur materielle, Dinge oder Probleme konzentriert.

„DAS, WOGEGEN WIR UNS WIDERSETZTEN,

BLEIBT."

Karl Jung 1875 – 1961

Plötzlich schien alles Sinn zu ergeben, sogar die Trickfilme aus seiner Kindheit, die er so liebte. Ihm wurde bewusst, dass er schon von kleinauf mit Gott spricht. Damals wies ihm Gott mittels seiner beliebten Trickfilme den Weg, den er einschlagen sollte. Beispielsweise sein Lieblingsmärchen von Aladin und der Wunderlampe. Dieses Märchen enthält quasi eine Anleitung zu einem glücklichen Leben. Es ist unglaublich, wenn wir uns bewusst machen, dass der Flaschengeist das Universum verkörpert, das uns eine endlose Zahl an Wünschen gewährt. Versuchen auch Sie, sich so zu verhalten, als hätten Sie eine Wunderlampe gefunden, sprechen Sie Ihre Wünsche aus, und senden Sie sie an Gott. Gott – das Universum – gibt Ihnen alles, was Sie sich nur wünschen. Und dies ist dann kein Märchen mehr.

Bei Tomáš spielten später weitere Filme und auch beliebte Lieder eine wichtige Rolle. Unser Tomáš hatte, wie er selbst zugab, nicht viele Bücher gelesen. Und trotzdem gelangte er zur Erkenntnis seltener Wahrheiten. Mit der Zeit war er in der Lage, sich in einen Zustand „vollkommener Bewusstmachung" zu versetzen. Ich würde das so beschreiben, dass Sie für eine kurze Weile fähig sind, nur mit Ihrer Seele zu sprechen, die dabei nicht unter Einfluss des Verstandes steht. Am besten wäre es, einen solchen Zustand permanent aufrechtzuerhalten. Dazu sind jedoch nur wirkliche Meister in der Lage. Millionen von Leuten gelingt so etwas während ihres Lebens nicht einmal für einige Sekunden. Versuchen sollten Sie es aber. Sie werden sehen – etwas so Schönes haben Sie bisher noch nicht erlebt.

Ich selbst habe diesen Zustand nur zweimal erlebt. Ich kann jedoch sagen, dass es sich um das schönste Gefühl handelt, das es gibt. Im Zustand der „vollkommenen Bewusstmachung" erfahren Sie, was der Sinn Ihres Lebens ist, Sie sprechen mit Gott, als säßen Sie neben ihm. Sie erhalten Antworten auf alle Ihre Fragen. Sie sind in der Lage, viele schöne Gedanken und Gefühle in sich zu wecken, die ich nicht einmal zu beschreiben fähig bin.

Ich glaube, dass ich mit Tomáš vieles gemein habe. Ich habe Enttäuschungen, Freude, Wut und viele andere Gefühle erlebt, so, wie viele andere Menschen auf diesem Planeten. Aber die vollständige Bewusstmachung des eigenen Seins geht über alle gewöhnlichen Gefühle hinaus. Genau wie Tomáš wurde auch mir diese Gabe zuteil, und ich höre nicht auf, an mir zu arbeiten, um sie so lange wie möglich zu behalten.

Als Tomáš einen, wenn auch nur kleinen, Teil seines geistigen Reichtums erzielte, begann er, sein Leben in vollen Zügen zu genießen. Es begann ihm Spaß zu machen. Er wünschte sich etwas, und Gott gab es ihm. Er wünschte sich, in einem nordischen Land zu leben, ohne größere Sorgen, umgeben von

Reichtum. So verrückt dieser Wunsch angesichts des grauen Lebensalltags auch schien, Gott gönnte ihm seine Erfüllung.

„WAS SICH DER MENSCHLICHE GEIST AUSZUDENKEN VERMAG, DAS KANN ER AUCH ERREICHEN. "

M. Clement Stone 1902 – 2002

Gott war von Tomáš' Kindesbeinen an sehr freigiebig mit ihm. Er gönnte ihm alle Dinge, die er sich in seinem Geist vorstellte. Tomáš wusste jedoch anfangs nichts davon und verfluchte Gott in schwierigen Momenten sogar. Allerdings ist Gott nicht rachsüchtig.

Das ist übrigens einer der größten Irrtümer, den wir von kleinauf von den uns umgebenden Menschen lernen. Von Eltern, Großeltern, aber auch den größten weltlichen Religionen. Gott jedoch braucht sich nicht zu rächen, was hätte er davon? Gott ist überall und hat daher schon alles.

Tomáš schob ständig alles auf das Schicksal, und zwar solange, bis er begriff, dass das Leben sehr reichhaltig ist, und Gott ihm nur solche Dinge und Gefühle gibt, die seinen Gedanken und Wünschen entsprechen.

Einfach gesagt, Gott ist glücklich, wenn auch wir glücklich sind. Und dies könnte das Ende von Tomášs Geschichte sein, darüber, was der Sinn seines Lebens ist. Nämlich, glücklich zu sein.

Viele werden sich jetzt fragen: Wenn dies so "einfach" ist, warum gelingt es nicht jedem? Warum gibt es so viele Kriege auf der Welt? Warum leiden Menschen in einigen Ländern Hunger? Warum werden die Reichen immer reicher und die Armen immer ärmer?

Die Fragen mit "Warum" sind angebracht. Aber, meine lieben Leser, versuchen Sie, über diese und andere Fragen gleich mit der höchsten Institution, mit Gott, zu sprechen. Glauben Sie nicht, dass Gott nur mit bestimmten Leuten spricht, mit Auserwählten. Gott spricht mit jedem, der bereit ist, ihm zuzuhören. Er tut dies ständig, nur hören wir ihn nicht, oder vielmehr wollen wir ihn nicht hören. Ich weiß, es erscheint unglaublich, dass zum Beispiel ich, der Gott in seinem Leben mehrfach die Treue versagte, jetzt darüber predigt, dass Gott barmherzig sei und jedem jeden Wunsch erfüllte. Ich habe es jedoch „am eigenen Leib" erfahren. Wir wissen aber auch, dass es reichlich schwierig ist, neue und überraschende Wahrheiten zu akzeptieren anstelle derer, die man uns von kleinauf eingebläut hat. Jedoch erst, wenn wir uns bewusst machen und eingestehen, dass diese Wahrheiten die einzigen sind, die tatsächlich unser Leben formen, werden wir uns der Schönheit des Augenblicks voll bewusst. Auf einmal haben Sie Kontrolle über Ihr Leben und erhalten auf Ihre Fragen sofort Antworten von Gott.

Es ist beispielsweise schwierig, Leuten zu vergeben, die sich Ihnen gebenüber auf irgendeine Weise schuldig gemacht haben. In unserer Geschichte über Tomáš dauerte solche Vergebung fast ein Vierteljahrhundert.

Ich spreche mehrmals pro Woche mit Gott. Ja, das ist immer noch zu wenig. Ich sollte ständig mit ihm in Kontakt bleiben. Genau wie zahllose weitere Menschen bin ich dabei, dies zu lernen. Auch das Wenige, was ich über Gott weiß, inspirierte mich zum Schreiben dieses Buches. Ich möchte, dass Tomášs Geschichte wenigstens einen kleinen Beitrag zum Leben eines jeden darstellt, der sie lesen möchte. Ich wünsche mir, dass mein Buch Leuten hilft, die dies zu schätzen wissen. Ich wünsche mir, dass sich Menschen, die gerade jetzt an ihrem schicksalentscheidenden Kreuzweg stehen, für den richtigen Weg entscheiden. Viele in meinem Umfeld verlieren leider langsam das Vertrauen, dass sie den richtigen Weg finden. Ich möchte jedoch, dass sie wissen, dass auch ich derartige Gefühle von Verunsicherung und Verwirrung hatte. Aber immer ließ ich mich von dem Wunsch leiten, glücklich zu sein. Ich sagte mir, dass weder der Ort, an dem ich mich gerade befinde noch das, was ich gerade mache, schlecht ist, und dass ich doch in Ruhe dort bleiben kann. Aber sobald ich mir bewusst machte, was ich sage, erhielt ich eine Antwort. Gott sagte mir: „Ja, Jan, du kannst bleiben, wenn du willst, aber das ist doch nicht dein Wunsch, oder?" Und mir wurde klar, dass ich mich eigentlich selbst belog, da ich in Wirklichkeit ein Bedürfnis nach Veränderung verspürte.

Ich war angewidert von meiner Umgebung, von Leuten, die sich um mich herum bewegten, da sie hinterhältig, verlogen, neidisch und feindlich waren. Und in einer solchen Umgebung sollte ich glücklich leben? Ich wünschte mir, von ihnen wegzukommen und Leute mit entgegengesetzten Eigenschaften zu finden. Innerhalb kurzer Zeit wurde mein Wunsch erhört. Ich zog, genau wie Tomáš in der Geschichte, in ein anderes Land und bin nun von Leuten wie aus einem Märchen umgeben – bezaubernde Omas und Opas. Unter den Menschen, von denen ich glaubte, dass es sie gar nicht gibt, lebt es sich viel besser.

Falls auch Sie den „Drang" verspüren, Ihren Wohnort, Ihre Arbeit oder sonst etwas zu verändern, tun Sie es. Nur keine Angst. Und denken Sie daran, dass Bedenken und ständige Angst vor dem Unbekannten Sie nur in der persönlichen Entwicklung bremsen. Gott lässt Sie nicht „fallen", wenn Sie es nicht wollen. Tun Sie den Schritt, ohne zu zögern. Es heißt, der erste Gedanke ist meist der beste. Das stimmt. Keine Angst und los.

„WENN SIE EINEN INSPIRIERENDEN GEDANKEN HABEN,
MÜSSEN SIE AN IHN GLAUBEN UND DANACH HANDELN. "

Ihr ganzes Glück hängt davon ab, es genügt zu glauben, dass auch Sie glücklich sein können, nicht nur die Leute in Ihrer Umgebung. Falls sie Schulden haben, krank sind oder Leute Sie belächeln... verändern Sie Ihr Denken. Machen Sie sich bewusst, dass der aktuelle Zustand, in dem Sie sich befinden, nur ein Spiegelbild Ihrer früheren Gedanken ist. Schön am Leben ist, dass das, was jetzt ist, auch ein Neubeginn sein kann. Auch, dass Sie jetzt dieses Buch lesen, ist kein Zufall. Sie haben sich entschossen es zu lessen. Vielleicht beschließen Sie, auch andere Bücher zu lesen, um mehr über das Gesetz der Anziehung und über das Gesetz der Gegensätze zu erfahren...Es liegt einzig an Ihnen.

Das, was war, ist Vergangenheit. Die ständige Bestätigung des aktuellen Zustands – kein Geld zu haben, unglücklich zu sein, nicht geliebt zu werden, krank zu sein,... all das Schlechte...führt zu weiterem Missgeschick...Wenn Sie so handeln und denken, wird Gott Ihre Wünsche erfüllen, und tatsächlich werden Sie weder Geld noch Liebe oder Glück haben.

Reden und denken Sie lieber über das, was Sie schon haben, und seien Sie dankbar dafür. Danke, dass ich sehen kann, dass ich zwei Hände habe, gesunde Beine, Geld.... Viele Leute auf der Welt haben kein solches Glück. Und potenzieren Sie das, was Sie sagen und an was Sie denken, durch Ihre Taten. Tun Sie es spontan, wann immer es Ihnen einfällt. Bezahlen Sie zum Beispiel im Supermarkt irgendeiner Mutter den Einkauf, falls Sie sehen, wie sie jede Krone in ihrem Portemonnaie zweimal umdreht... Wenn Sie eine neue Wohnung suchen, gehen Sie zu einem Bekannten, der vielleicht gerade ein Haus baut, und bieten Sie ihm Ihre Hilfe beim Bau an. Erwarten Sie keinen Dank dafür, sondern erfreuen Sie sich daran, dass auch aufgrund Ihres kleinen Beitrags heute jemand für sich und seine Kinder ein gutes Abendessen und das Gefühl hat, dass es noch gute Menschen auf der Welt gibt. Freuen Sie sich darüber, dass, wenn Sie Hand ans Werk legen, Ihr Bekannter beispielsweise ein funktionierendes Stromnetz im Haus haben wird, weil Sie Elektriker sind. Innerhalb kurzer Zeit werden Sie sehen, dass sich Ihnen diese guten Taten mehrfach auszahlen.

Wie ich schon gesagt habe, es spielt sich alles in Ihrem Kopf ab. Der Geist ist der Schlüssel zum Glück. Ich bin nicht fähig zu beschreiben, auf welche Weise diese Wunder geschehen, aber ich weiß, dass sie perfekt funktionieren. Es handelt sich wirklich um ein System, auf das man sich verlassen kann. Im Gegensatz zum „System", das wir Menschen geschaffen haben.

Wo ich schon das von uns selbst geschaffene System erwähne, möchte ich erneut auf das wiederholt erwähnte „Auf-der-Stelle-herumtrampeln" am Kreuzweg zurückkommen. Die ganze Menschheit befindet sich schon seit vielen Jahren an einem Kreuzweg und weiß nicht, welchen Weg sie einschlagen soll. Welcher Weg ist der richtige? Was unser Politik-, Wirschafts- und Gesundheitssystem angeht, wissen wir alle, dass es nicht so funktioniert, wie wir es uns vorstellen. Und trotzdem verwenden wir dieses System weiter. Und viele von uns wehren sich sogar gegen jegliche Veränderungen.

Meiner Meinung nach wurde das System, in dem wir „gezwungenermaßen" leben, nur künstlich von jemandem geschaffen, der es so wollte. Damit ist unser Verhalten vorprogrammiert. Wir brauchen jedoch diese, von irgendjemandem ausgesandte, Energie nicht zu akzeptieren. Viele Leute unter uns wollen nach unten sehen, auf den Grund.

Lassen Sie uns stark sein und nach oben schauen. Lassen Sie nicht zu, dass sich fremde Vorstellungen erfüllen, sondern erfüllen Sie die eigenen. Glück bedeutet für jeden etwas anderes. Suchen Sie ihres.

Damit sind wir aber etwas vom Thema abgekommen und haben einen Blick hinter die Kulissen des Systems geworfen. Das von „Auserwählten" geschaffene System könnten wir, meine ich, endlos lange in einem anderen Buch auseinandernehmen. Bleiben wir aber erst einmal bei uns selbst und bei unserem Glück.

Rufen wir uns noch einmal in Erinnerung und fassen wir zusammen, mit welchen Gedanken wir uns befassen, und welche wir im Gegenteil verdrängen sollten. Ideal wäre es natürlich, in der Lage zu sein, jeden seiner Gedanken „zu kontrollieren", bevor wir ihn ins Universum schicken. Dies ist jedoch ziemlich schwierig, da einem Menschen laut wissenschaftlichen Erkenntnissen an einem einzigen Tag im Durchschnitt sechzigtausend Gedanken durch den Kopf gehen. Gott sei Dank haben wir aber noch unsere Gefühle, die sich auf viel einfachere Art kontrollieren lassen. In der Tabelle habe ich unterhalb der Linie einige der Gefühle dargestellt, die wir vermeiden sollten, da sie uns nichts Gutes bringen. Oberhalb der Linie sind hingegen gute Gefühle, die dazu beitragen, inneres Glück zu finden.

Inneres Glück ist der Antrieb zum Erfolg.

Liebe
Dankbarkeit
Freude
Leidenschaft
Begeisterung
Freudige Erwartung
Hoffnung
Zufriedenheit

Gute Gefühle

Bedenken
Depression
Schuld
Zorn
Hass
Rache
Wut und Schuldgefühle
Kritik
Angst

Schlechte Gefühle

Wenn wir uns einige der guten Gefühle näher anschauen, stellen wir fest, dass der Grundstein auf dem Weg zum Glück das Gefühl der Hoffnung ist. Es ist herrlich und befähigt uns, auch mit sehr großen Problemen fertigzuwerden. Das Hoffnungsgefühl sollten wir alle am stärksten „hüten".

Ein weiteres, wichtiges Gefühl ist Dankbarkeit. Dieses Gefühl sollten wir täglich so oft wie möglich anwenden. Dankbarkeit hält nämlich das Universum „am Laufen". Ich habe es zwar schon erwähnt, aber Dankbarkeit sollte tatsächlich unser täglich Brot sein. Jedesmal, wenn wir den Eindruck haben, dass uns nichts gelingt, sollten wir unsere Gedanken sofort woandershin „umleiten". Wenn wir morgens vom Bett aufstehen und uns sagen: „Na ja, das kann ja wieder ein Tag werden... Schon wieder zur Arbeit..." machen wir es uns nur noch schwieriger. Sobald wir ähnliche Sätze wiederholen, werden unsere Tage tatsächlich zu einem Stereotyp.

Versuchen Sie, Ihre Laune sofort dadurch aufzubessern, dass Sie sich die Tatsache bewusst machen, dass Millionen Menschen kein solches Glück haben wie Sie. Danken Sie Gott (oder dem Universum, im Grunde macht das keinen Unterschied) dafür, dass Sie überhaupt in der Lage sind, vom Bett aufzustehen, dass Sie Beine und Arme haben..., danken Sie ihm für Ihre schöne Arbeit und für den neuen Tag, der Ihnen Glück und wieder etwas Neues bringt. Kurz gesagt, seien Sie dankbar für alles, was Sie bereits haben, und denken Sie nicht darüber nach, was Sie nicht haben! Sie werden sehen, dass Ihr Tag sofort angenehmer wird. Zudem trägt das Dankbarkeitsgefühl dazu bei, das bereits erwähnte „Gesetz von der Anziehungskraft" in Gang zu setzen. Wir wissen schon, wie es funktioniert.

Falls Sie Interesse haben, mehr über dieses göttliche Gesetz zu erfahren, kann ich Ihnen das Buch „Das Gesetz der Anziehung – Grundlagen von Abrahams Lehren" von den Autoren Esther und Jerry Hicks empfehlen.

Für den Moment genügt jedoch der Fakt, dass das Gesetz der Anziehung sowohl Ereignisse als auch materielle Dinge herbeiführt. Ähnlich wie die bekannten Sprichwörter: Eine Krähe hackt der anderen kein Auge aus, Gleich und gleich gesellt sich gern oder Dein Glaube hat dich gesund gemacht. Glauben ist eigentlich nur ein ständig wiederholter Gedanke. Wir ziehen Dinge und Ereignisse an, an die wir denken oder die wir uns vorstellen.

Ihre Vorstellung wird Realität!

Dankbarkeit hat riesigen Einfluss auf unser Leben. Ab heute sollten Sie sich, wenn Sie morgens aufstehen, statt sich zu beschweren oder Ihrer Unlust Ausdruck zu verleihen, besser für etwas bedanken, was Ihnen gerade einfällt. In absehbarer Zeit können Sie beispielsweise mit einer höheren Prämie, einer Beförderung oder dergleichen rechnen... Und außerdem wird Ihr Tag viel schneller vergehen und Ihnen mehr Spaß machen.

Und so kommen wir zu einem weiteren der Gefühle, zur freudigen Erwartung und zur Freude selbst. Wenn wir Hoffnung haben und für alles dankbar sind, was wir haben und was uns geschieht, taucht das Gefühl der freudigen Erwartung auf... Wir erwarten die Geburt eines Kindes, wir erwarten die Erhöhung unseres Einkommens bei der Arbeit, wir erwarten ein Rendezvous mit unserer Traumfrau oder unserem Traummann usw. Wenn wir die freudige Erwartung gänzlich von „schlechten" Gefühlen des Zweifels befreien, z. B., Was, wenn der Chef schlechte Laune hat oder Was, wenn mein Mädchen (oder mein Traummann) nicht zum Rendezvous kommt? usw., erwartet uns ausschließlich Freude, Begeisterung und Zufriedenheit.

Wir dürfen natürlich nicht vergessen, dass das Gesetz der Anziehung auch in umgekehrter Richtung perfekt funktioniert.

Bedenken, dass uns etwas nicht gelingt, dass uns die Kündigung bei der Arbeit droht, dass unser Auto stehenbleibt oder derartige andere Bedenken führen genau zu den Dingen, die wir nicht wollen. Schlimmer noch, auch unsere weiteren Gefühle und Gedanken werden fortan in diese Richtung gehen. Aus Bedenken wird Angst, aus Angst Depression, aus Depression Schuldgefühle. Wir beginnen mit Wut, die langsam in Selbsthass mündet.

Wo wir schon über Hass reden – ich meine, es ist notwendig, näher auf diesen Begriff einzugehen. Die meisten Menschen wissen natürlich, was Hassgefühl ist. Viele Menschen, mit denen ich in Kontakt komme, verwechseln allerdings häufig Hassgefühl mit Neidgefühl. Diese zwei Gefühle sind jedoch völlig verschieden. Auch wenn Leute sie häufig in einen Topf werfen oder sie gleich gänzlich miteinander verwechseln. Um ein Beispiel anzuführen – viele Menschen hassen, auch wenn es unglaublich erscheint, ihren Nachbarn oder sogar einen ihrer Bekannten allein deswegen, dass er sich ein neues Auto gekauft, sein Haus rekonstruiert hat oder dergleichen. Ich möchte besonders darauf hinweisen, dass gerade dies sehr gefährlich ist! In Wirklichkeit ist es nur unser Neid, der jedoch schnell in Hass umschlagen kann.

Neid, würde ich sagen, ist ein neutrales Gefühl, und es hängt davon ab, worauf wir ihn richten. Wenn wir ihm freien Lauf lassen, sodass er zu Hass wird, sollten wir uns nicht wundern, dass wir mit dem Nachbarn oder einem Bekannten in Konflikt geraten. In Extremfällen kann uns Hassgefühl auch zu schweren Straftaten verleiten. Also sollten wir das Neidgefühl besser zum eigenen Vorteil gebrauchen. Wenn wir schon unseren Nachbarn wegen seines neuen Autos beneiden, sollten wir uns aufmachen, ihn zu besuchen und sein Auto zu loben. Sparen Sie nicht mit Lob, und vielleicht finden Sie auf einmal heraus, dass das schöne Auto, das er sich angeschafft hat, vielleicht keine Klimaanlage hat, die wir so gern in unserem

Auto hätten usw. Neid kann entweder abklingen oder, im Gegenteil, zu Aktivität anregen. Wir werden so gut es geht daran arbeiten, einen Standard zu erreichen, der es uns ermöglicht, ein neues Auto anzuschaffen, jedoch mit besserer Ausstattung, ein Auto, wie wir es wollen.

Von dem, was uns nicht guttut, möchte ich noch die Kritik erwähnen. Dies aber nur noch am Rande, da ich von all den negativen Gefühlen bereits ein schlechtes Gefühl zu bekommen beginne.

Kritik ist schlecht. Wenn wir jemanden kritisieren, können daran weitere negative Gefühle anknüpfen, wie beispielsweise Versagen. Wenn wir zum Beispiel zu einem Mitschüler sagen: „Du hast die Semesterarbeit „schlecht" geschrieben", können wir mit diesem scheinbar harmlosen Satz im Betroffenen zumindest ein Gefühl des Versagens hervorrufen, und zwar noch bevor seine Arbeit eine kompetente Person beurteilt. Im schlimmeren Fall können wir ihm dadurch gänzlich die Lust an weiterer Arbeit nehmen, die er für die persönliche Entwicklung braucht. Und zudem riskieren wir dabei unsere Freundschaft. Ganz sicher hat der eine oder andere von Ihnen etwas Ähnliches schon einmal erlebt.

Versuchen wir also, Menschen nicht zu kritisieren, insbesonderen niemanden aus unserem engen Umfeld, sei es nun, dass uns seine Arbeit, seine Frisur, sein Körpergewicht oder sonst etwas nicht gefällt. Warum kritisieren, wenn wir den anderen dabei „seelisch" verletzen können? Auch wir selbst haben nichts davon. Höchstens, dass wir kurzfristig den Eindruck bekommen, besser zu sein als der andere. Aber ich meine, es ist nicht gerade angebracht, auf so grobe Weise Bestätigung dafür zu suchen, besser zu sein.

Auch ich stieß, als ich dieses Buch fertigschrieb, auf jede Menge Kritik. Leute wandten ein, dass ich mir alles nur ausgedacht hätte, dass es so nicht funktioniere usw. Kritik kam auch von meiner Schwägerin, die meinte, der Umschlag des Buchs sähe aus, „als hätte ihn ein Kind gemalt", was mich schnell hätte dazu verleiten können, das Vorhaben aufzugeben und zu versagen. Ich weiß jedoch, dass solche Kritik mir nichts anhaben kann, ganz im Gegenteil, sie löst in mir das Gefühl aus, dass ich etwas sehr gut mache. Ich bin nicht böse auf meine Verwandte, da sie ja nicht wusste, dass das Buch tatsächlich so aussehen sollte. Es ist so ähnlich wie bei einem Kind, das ein neues Spielzeug bekommen hat und es aus Freude zum Beispiel seiner Mutter vorführen möchte. Ich habe ein neues Geschenk fürs Leben erhalten, eine neue Richtung, und wie ein Kind möchte ich mich damit vor den Augen der Welt brüsten.

Auch stellt sich die Frage, was „besser" und was „schlechter" ist. Wenn wir es nötig haben, uns selbst zu beweisen, dass wir in irgendetwas „besser" sind, tun wir dies auf nettere Art. Seien wir dankbar dafür, dass es uns so scheint, eine schöne Frisur, eine besser geschriebene Arbeit, eine sportlichere Figur usw. zu haben.

Jetzt haben wir nur über einzelne Menschen und ihre Gedanken gesprochen. Wir wissen bereits, welche große Kraft in Gedanken steckt. Stellen wir uns mal vor, wie stark die Gedanken einer großen Gruppe von Menschen oder gar der Weltbevölkerung hat. Wenn sich jeder von uns die gleiche Sache oder das gleiche Ereignis vorstellt, multipliziert sich die Energie dieser Gedanken um ein Vielfaches.

Es genügt, sich zum Beispiel die jüngere Geschichte in Erinnerung zu rufen. Im zweiten Weltkrieg gelang es einem einzigen Mann, einige seiner Gedanken in die Köpfe von Millionen Menschen zu schleusen und sie davon zu überzeugen, dass gerade seine Gedanken die richtigen sind. Wir alle wissen, wie es ausging. Aber lassen wir nun besser die Finger von negativen Gedanken.

Positiver Gedanke

Zurück zu positiven Gedanken und Gefühlen. Und direkt hin zur imaginären Königin aller Gefühle und Gedanken. Sie erraten sicher, worum es geht. Richtig, um LIEBE. Von diesem wirklich zauberhaften Gefühl sollten wir uns am besten das ganze Leben lang leiten lassen. Liebe verleiht dem Menschen unglaubliche Kraft, Gutes zu vollbringen. Man könnte sagen, dass alle guten Gefühle von Liebe gesteuert werden. Ob nun Liebe zu unseren Nächsten, zu Tieren, zu Dingen oder Tätigkeiten, immer lässt sie uns angenehm „warm" ums Herz werden. Wer schon mal auf irgendeine Art Liebe kennengelernt hat, wird mir sicher recht geben, wenn ich sage, dass Liebe auch unendlich groß ist. In glücklichen Partnerbeziehungen, die auch merere Jahrzehnte lang halten, ist es gerade Liebe, die den Menschen ein glückliches, von Freude erfülltes Leben ermöglicht, und die ihnen hilft, Probleme zu überwinden. Man kann ohne Weiteres sagen, dass, wenn jeder sich von Liebe leiten ließe, die Welt wirklich zauberhaft wäre.

Diese Theorie lässt sich jedoch derzeit auf unserem Planeten nur schwer in die Tat umsetzen, da wir die Welt mit unterschiedlich entwickelten Seelen teilen. Einige von diesen „Seelen" müssen nämlich am „eigenen Leib" erfahren, was schlechte Gefühle sind, um die Schönheit der Liebe kennenzulernen. Was natürlich im Grunde gar nicht schlecht ist, da sie in diesem Falle die richtige Richtung einschlagen und zu guten Gefühlen gelangen. Angewandt aufs Alltagsleben: Um herauszufinden, ob Wasser warm oder heiß ist, muss ich wissen, dass es kaltes und eiskaltes Wasser gibt. Es ist genau wie mit Liebe und Angst. Wir müssen beide Gefühle kennen, um unterschieden zu können, was „gut" ist und was „schlecht". Wenn wir uns nochmals die verschiedenen Arten von Seelen oder, besser gesagt, die Seelen auf verschiedenem Erkenntnisstand anschauen, stellen wir fest, dass wir uns nicht alle von Liebe leiten lassen können, da es einigen von uns genügt, Gutes am Klang oder unterbewusst zu erkennen. Andere jedoch müssen sich erst davon überzeugen, dass es wirklich so ist.

Um dies wieder aufs Alltagsleben anzuwenden: Nur schwer überzeugen Sie einen verschuldeten Menschen davon, dieses Problem nicht durch Aufnahme weiterer Schulden zu lösen. Warum sollte Ihnen ein solcher Mensch glauben, wenn ihm doch der erste Kredit dabei half, mit einem Problem fertig zu werden, und ihm, wenn auch nur für kurze Zeit, Freude brachte? Daher mag ein solcher Mensch davon überzeugt sein, dass ein neuer Kredit auch neue Probleme aus dem Weg räumt. Falls er meint, dass das stimmt, ist es wesentlich besser, ihn in dem Glauben zu belassen, damit er sein Problem letztlich selbst erkennt. Wir können natürlich versuchen, solche Menschen davon zu überzeugen, dass sie sich irren, aber solange sich ihr Verstand widersetzt, ist es besser zu warten, bis die eigene Erfahrung sie eines Besseren belehrt. Falls Sie mehr über die Funktionsweise des Geistes erfahren möchten, gibt es auf dem Markt Bücher, die sich wesentlich detaillierter mit dieser Problematik auseinandersetzen.

Abschließend möchte ich noch an eine wesentliche und echte Wahrheit erinnern, die auch Tomáš, der Held unserer Geschichte, am eigenen Leib erfahren hat. Tomáš brauchte fast dreißig Jahre, um die Wahrheit über Gott zu erfahren. Sein ganzes Leben glaubte er an Gott, gab sich aber nicht mit den „Wahrheiten" zufrieden, die man ihm über Gott erzählte. Er wollte nicht einmal einige Aussagen des Pfarrers akzeptieren, bei dem er im Kindesalter als Ministrant gedient hatte. Ich glaube, dass es auch Millionen anderer Leute auf unserem Planeten so geht. Auch ich gehörte bis vor nicht allzu langer Zeit dazu. Es sind jedoch nur scheinbare „Wahrheiten" oder, besser gesagt, Irrtümer, welche die Menschen untereinander verbreiteten und welchen weitere Millionen Menschen Glauben schenkten. Sie machten sich quasi nur fremde Wahrheiten zueigen. Auf dieser Grundlage entstanden auch einige der in der Welt verbreiteten Religionen.

Tomáš wurde von kleinauf zum katholischen Glauben erzogen. Er wurde getauft und lebte auch einige Zeit in unmittelbarer Nachbarschaft eines katholischen Pfarrers. Diesen schätzt er bis heute sehr, da gerade er es war, der Tomáš und seine Auserwählte in der Kirche in Svatá Horá (Heiliger Berg) in Mittelböhmen vermählte.

Der Katholizismus gibt Leuten wie Tomáš und anderen seine Ideologie weiter, und zwar in dem Sinne, dass Gott auf irgendeine Art von uns getrennt ist. Tomáš befasste sich nicht näher mit dieser „Wahrheit" und akzeptierte sie als seine. Er hielt sich an geläufige und gewöhnliche Informationen, durchlebte jedoch im Laufe seines Lebens zahllose schmerzhafte Phasen, sodass er sich zu fragen begann, wie es möglich ist, dass Gott ihn diese Schmerzen wieder und wieder erleiden lässt. Hatte er sich doch nie gegen Gott versündigt. Wenn Sie sich erinnern, war Tomáš einige Zeit sehr sauer auf Gott und „verfluchte" ihn sogar.

Genau wie viele andere Menschen stellte er sich Fragen, und diese Fragen ließen ihm keine Ruhe. Es waren Fragen wie: „Warum bestraft Gott mich ständig?" oder „Warum macht Gott Reiche immer reicher?" oder „Warum bestraft er Verbrechen nicht laut seinen Geboten?" Wohl deswegen, weil Adam und Eva sein Gebot, keine verbotenen Früchte zu naschen, nicht befolgten? Wegen Leuten, die ich nicht einmal kenne, soll ich leiden? Warum hat er uns so geschaffen wie wir sind, wenn es ihm offensichtlich Spaß macht, uns zu bestrafen? Warum wird er, wenn es nur einen Gott gibt, von Millionen anderen Menschen nicht anerkannt, und warum haben sie andere Götter? Warum soll ein katholischer Pfarrer im Zölibat leben, wenn Liebe angeblich für alle da ist? Diese und viele weitere Fragen stellte er verschiedenen Leuten, erhielt aber nie befriedigende Antworten. Zwar erhielt er Antworten, diese waren jedoch gelernt und abgekupfert und ergaben meistens keinen Sinn. Erst mit fast dreißig entschied er sich, die Fragen direkt an Gott selbst zu richten. Und er stellte fest, dass Gottes Antworten rein, sinnvoll und zudem durch nichts verzerrt sind.

Auf diese Weise erhielt Tomáš die ersehnten Antworten auf seine Fragen und änderte praktisch von einem Tag auf den anderen sein Leben. Ich meine, es wäre großartig, wenn jeder von uns solche reinen Antworten von Gott bekäme. So würden keine Religionen, Sekten und andere Vereinigungen entstehen, die uns ihre, von einigen Auserwählten verzerrten, „Wahrheiten" lehren.

Ich will weder Ihren Glauben noch andere Religionen kritisieren. Ganz im Gegenteil, sie haben Millionen Menschen geholfen und helfen ihnen immer noch. Und diese Leute sind glücklich im Leben. Ich möchte nur auf die Notwendigkeit hinweisen, dass man auch über diese Religionen nachdenken muss, und dass jeder seinen eigenen Weg finden muss, mit Gott zu sprechen, und zwar ohne die Hilfe anderer Menschen. Was, wenn auch, beispielsweise in der Bibel enthaltene, heilige Botschaften falsch aufgefasst werden?

Versuchen Sie, liebe Leser, sich einige Fragen zu stellen. Eine könnte zum Beispiel lauten „Warum soll Gott auf irgendeine Weise von uns getrennt sein?" Auf diese Frage existiert nur eine einzige Antwort. Gott ist durch nichts von uns getrennt. Wenn Sie alle seit Ihrer Kindheit gelernten Wahrheiten aus Ihrem Gedächtnis löschen, finden Sie keine andere Antwort. Ich schreibe „Gott", aber für jemand anderes können es auch „das Universum", „Energie" oder andere Dinge zwischen Himmel und Erde sein. Es ist praktisch egal, wir verwenden nur andere Terminologie für ein und dasselbe. Wenn jedoch auch wir Teil des Universums sind und Gott das Universum darstellt, lässt sich nicht behaupten, dass wir voneinander getrennt sind. Die meisten Religionen predigen, dass Gott irgendwo über uns im Himmel ist. Sie sagen aber auch, dass Gott alles ist. Wenn das stimmt, wer sind wir? Sind wir nichts? Mehr noch, wenn Gott ausschließlich im Himmel ist, was ist dann mit Austronauten? Den Himmel haben sie unter sich. Würde dies bedeuten, dass Astronauten keinen Gott über sich haben? Versuchen Sie, darüber nachzudenken. Vielleicht kommen Sie auf eine andere Erklärung.

Eine weitere Frage, die mich lange „quälte", betrifft die Hölle und die Geschichte vom Erzengel Luzifer, der sich danach sehnte, genauso mächtig zu sein wie Gott. Und Gott warf ihn für diesen Einfall aus dem Himmel, um ihn so zu bestrafen. So, wie er uns bestraft, wenn wir uns gegen Gott versündigen. Warum sollte er uns bestrafen? Taten dies doch schon Adam und Eva, als sie nicht auf ihn hörten. Falls es aber so ist, ist Gott meiner Meinung nach sehr unbarmherzig. Er bestrafte uns, indem er uns aus dem Paradies vertrieb, und jetzt bestraft er uns erneut? Letztlich sollten wir sogar für ewig in der Hölle schmoren? Zum Glück ist es überhaupt nicht so, auch wenn viele Menschen dies weiterhin glauben.

All die erwähnten Fragen ließen mir wirklich keine Ruhe, solange Gott nicht zu mir sprach und ich nicht die echte Wahrheit erfuhr.

Ich wünsche mir, dass auch weitere Menschen die Wahrheit durchschauen und ohne Angst leben. Dass sie ihre Fragen direkt Gott stellen und darauf kommen, dass Gott ständig mit uns ist und in keiner Weise von uns getrennt ist. Gott ist wirklich mit jedem von uns und spricht auch mit jedem, der mit ihm sprechen will. Er spricht mit jedem, ob er an ihn glaubt oder nicht. Gott ist barmherzig, voll von Liebe und hat es nicht nötig, etwas zu wollen, weil Gott alles ist! Er hat es auch nicht nötig, uns auf irgendeine Weise zu bestrafen. Gott lässt uns alles zuteilwerden, worum wir bitten. „Bittet, so wird euch gegeben". Wie wahr. Um es stark zu vereinfachen, die Menschheit hat eigentlich nur eine Aufgabe:

zu danken

zu bitten

zu glauben

zu akzeptieren

und zu danken

Es erscheint so einfach, nicht wahr? Aber trotzdem ist es für einige Menschen reichlich schwierig. Glauben Sie mir, die Kraft liegt in Ihren Gedanken und Gefühlen. Das Universum arbeitet für uns.

Ich weiß nicht, was für eine Kraft es ist, ich weiß nur, dass sie existiert.

A. G. Bell 1847 – 1922

Wenn Sie gegenwärtig in einem Zustand sind, in dem Sie Schulden haben, Probleme in der Partnerschaft, in der Familie oder im Arbeitsleben lösen, lassen Sie diesen Zustand in der Vergangenheit, denn dort ist er entstanden. Beginnen Sie am besten sofort, über eine bessere Gegenwart nachzudenken, da nur diese wichtig für unsere Fortentwicklung ist. Dies scheint einfach, aus eigener Erfahrung weiß ich aber sehr gut, dass es für mich überhaupt nicht einfach war. Trotzdem habe ich es geschafft, genau wie Tomáš, der Held unserer Geschichte. Und genauso können auch SIE es schaffen!

Schon allein dafür, dass Sie dieses Buch bis zu Ende gelesen haben, bin ich Ihnen sehr dankbar. Es ist offensichtlich, dass

Sie sich nach einer Veränderung zum Besseren sehnen. Ich bin überzeugt, dass es Ihnen gelingen wird. Ich glaube daran. Und nichts kann mich vom Gegenteil überzeugen. Auf dass Sie TRÄUMEN, HOFFEN und LIEBEN werden. Glauben Sie mir, Ihre Träume sind Realität.

Mit unserem Leben formen wir unsere eigene Welt.

W. Churchill 1874-1965

Sie sollten wissen, dass Aufrichtigkeit zu sich selbst und auch Liebe, die man in sich selbst findet, zu innerem Glück führt, von dem wir bereits wissen, dass es die Grundlage für den Erfolg ist.

Glauben Sie mir, ab heute sind Sie fähig, eine ganz andere Wahrheit zu akzeptieren als man sie Ihnen bisher beigebracht hat. Was Sie gestern als „Wahrheit" ansahen, erscheint Ihnen jetzt vielleicht als Irrtum.

Glauben Sie mir, dass Sie in der Lage sind, denjenigen zu vergeben, die Ihnen auf irgendeine Weise in der Vergangenheit Leid angetan haben.

Lassen Sie sich jetzt nur noch von „positiven" Gedanken leiten. So finden Sie Ihr Glück. Denken Sie daran, dass Sie nicht allein sind, und dass Sie auch nicht versagen können.

Ich bin überzeugt, dass eine, von gemeinsamen, positiven, von Liebe beherrschten Gedanken geleitete, Menschheit nicht um ihre Zukunft zu bangen braucht. Ich bin überzeugt, dass es noch mehr Menschen auf der Welt gibt, die an dasselbe glauben.

Ich verabschiede mich von Ihnen und von diesem Buch mit meinem Lieblingszitat. Es ist nicht nur ein Zitat, sondern eine große Wahrheit.

Wenn Sie glauben, dass Ihnen etwas gelingt oder nicht gelingt, werden Sie immer recht behalten.

Henry Ford 1863-1947

Wir sind nicht allein mit diesen "Aufgaben". Wir haben einer den anderen und sind Teil von Gott, der uns immer beisteht.

Lasst uns denken, glauben und so MIT GEDANKEN ZUM GLÜCK finden!

Jan Šťastný

Jan Šťastný

MIT GEDANKEN ZUM GLÜCK

Herausgeber: Kristýna Šťastná - SORBON

www.sorbon.co

Korrektur: Taťána Vroblová

Grafische Gestaltung des Umschlags: Kristýna Šťastná

Die Übersetzung aus der tschechischen Sprache:

Uwe Rademacher

www.ingramcontent.com/pod-product-compliance
Lightning Source LLC
Chambersburg PA
CBHW071114260626
47162CB00006B/2314